新 潮 文 庫

交　趾

古着屋総兵衛影始末 第十巻

佐 伯 泰 英 著

新 潮 社 版

9243

目次

交趾

古着屋総兵衛影始末　第十巻

序章

美雪(みゆき)は飼猫のひながふうっと姿を消したことに気づいて、

「総兵衛(そうべえ)様と行動を共にする気であろうか」

と本能のままに野生の勘に従って生きる動物を羨(うらや)ましく思った。

宝永(ほうえい)四年（一七〇七）も残りあとわずかだった。

江戸富沢町(とみざわちょう)で何百軒と軒を並べる古着商を束ねる大黒屋(だいこくや)総兵衛方では、息を潜めるような暮らしが続いていた。

琉球(りゅうきゅう)から悲報が届いて以来のことだ。

総兵衛が海外雄飛の夢を託して建造した南蛮型大型帆船大黒丸が琉球沖で南蛮の海賊船カディス号と海戦の末に行方を絶っていた。

大黒屋琉球店の店主信之助(しんのすけ)からの知らせでは海上に大黒丸と海賊船の破片が

浮き、乗組員の喜一の亡骸一体を回収したとあった。

江戸から何百海里も波濤を越えた大海原での海戦と行方不明、それも何十日も前のことだ。もはや、

「絶望」

の二文字が美雪の脳裏にこびりついて離れない。

むろん琉球には薩摩藩経由で返書が出され、大黒丸には総兵衛、駒吉、船大工の箕之吉が若狭の小浜から同乗したことを知らせていた。

美雪はいよいよ大きくせり出したお腹を抱えるようにして立ちあがり、仏間に入った。そこでは悲報以来絶やさず点される蠟燭の灯心がじりじりと燃え、線香の香りが立ちこめていた。

仏壇には先祖の位牌が並び、その前に難破した主船頭の鳶沢忠太郎以下、助船頭の又三郎ら乗組みの者、さらには若狭から急遽乗船した総兵衛、手代の駒吉、船大工箕之吉らの名を記した紙と陰膳が供えられていた。

むろん、

（なんとしても生きていてほしい）

という願いを込めてのことだ。

だが、異郷の海に姿を消した者たちの情報はどこからも届かなかった。

美雪はただ仏壇の前に座し、

「総兵衛様、あなた様とのやや子を産んだ後、美雪は鳶沢村に隠棲して、あなた様の菩提を弔いとうございます」

と話しかけていた。

廊下に足音がした。

「お内儀」

大黒屋の大番頭笠蔵の声だった。それまで、ときにより、

「美雪様」

とも呼んでいた呼称を悲報が届いた日から、

「お内儀」

に変えていた。

大黒柱の六代目総兵衛が死去したと決まれば、七代目総兵衛が誕生するまで大黒屋の屋台骨を支えるのは美雪である。そこで笠蔵は総兵衛の、

「お内儀」の名のもとに富沢町を取りまとめようとしていたのだ。

仏間から出た美雪を急に年老いた大番頭が迎えた。

「加賀と京から返書が届くには、ちと間がございましょうな」

大黒丸には江戸、京、加賀から荷積みしていた。そのうち、京の物産、加賀の特産はじゅらく屋と金沢城下の御蔵屋(みくらや)の手を通した、

「預かり荷」

だ。それだけに共同荷主のじゅらく屋と御蔵屋には早飛脚が立てられ、判明した難破の経緯が記されていた。

「笠蔵さん、早飛脚とはいえしばし時がかかりましょう。とくに加賀は北国街道が雪に閉ざされる季節、返書が来るのは年明けにございましょうな」

「はい」

と頷(うなず)いた笠蔵が、

「お内儀、店の中に不安が広がっております。どうしたもので」

と暗い顔を美雪に向けた。

　琉球の信之助からの手紙の中身は、美雪と笠蔵の二人の間だけに伏せられていた。だが、このような大事は以心伝心にどこからともなく気配が伝わるものだ。ついつい店の中に不安が漂い、商いに微妙に影響していた。まして大黒屋はただの商人ではなかった。

　徳川幕府開闢以来の大黒屋の主には、神君家康公から二つの貌が許されていた。

　その一つは古着屋惣代として古着商を束ねる、

「官許商人」

の特権だ。

　江戸時代、古着は新物と同様に大きな需要を占めていたのだ。当然、そこから上がる利益は莫大なものがあった。大黒屋は古着問屋のみならず、古着商を束ねる惣代であった。その利権は大きく、強かった。さらに古着商には今ひとつ重要な意味があった。

　古着の売買には盗品などその取引にまつわる、

「闇の情報」

がどうしてもついて回った。その情報を役立て、

「徳川幕府と一門」

の安泰を護持するために動く、

「隠れ旗本鳶沢総兵衛」

としての奉公が鳶沢一族のもう一つの貌であった。


これは初代の鳶沢総兵衛成元が家康と交わした密約によって、徳川幕府の極々一部の人間に伝えられ、その、

「影御用」

は今も続いていた。


大黒屋の奉公人の大半が鳶沢一族の者に限られていた。

その者たちの間に動揺が広がっていると笠蔵は言うのだ。

美雪はしばし沈思した後、仏間の明かりに視線をやった。歴代の総兵衛に許しを乞うためだ。

「笠蔵さん、一族の者にいつまでも隠し通せるものではございますまい。また分家の次郎兵衛どのが江戸に見えられたら、さらに不安が広がりましょう。今

夜半、店を閉めた後に一族の者を集めて、ただ今起こっていることを告げようではありませぬか」

鳶沢一族の国許ともいえる駿府鳶沢村にも琉球からの急報は知らされていた。当然予測されることは分家の長老鳶沢次郎兵衛が急ぎ江戸に姿を見せるであろうことだ。

「お内儀、それがよろしゅうございます」

笠蔵も真実を告げて、一族の再団結を計ることに賛意を示した。

「ならば夜半子の刻限（零時頃）に皆を集めます。お内儀様からお話しくだされ」

と笠蔵が願い、

「七代目」

を身籠っている美雪が首肯した。

その後、美雪と笠蔵は今夜の話の内容を相談し、取り決めた。

大黒屋は家康から御城近くの富沢町に二十五間（約四五メートル）四方の拝

領地をいただき、幕府誕生以来、

「百有余年の歳月と莫大な費用」

をかけて、大黒屋の店下と庭下に、

「地下城」

ともいうべき鳶沢一族武門の秘密の空間を築きあげていた。

大黒屋は漆喰造り総二階の店と蔵でロの字に囲まれた店構えで、その中に主の総兵衛と美雪の居宅があった。そして、その居宅は巧みにも庭石、泉水、樹木で表から隠蔽され、別世界の趣があった。

だが、富沢町の秘密はそれだけではなかった。

敷地六百二十五坪の地下には店の前に掘り抜かれた入堀から直接往来ができるような隠し水路が設けられ、地下城の船着場へと通じていた。さらに地下城は何本もの隠し通路で一族の者たちが主をつとめる古着店へと繋がってもいた。

この地下城砦の中心は鳶沢一族が武術に勤しむ道場であり、行事や集まりにも使われる板の間であった。

子の刻、江戸鳶沢一族の者たちが険しい顔で集まっていた。

この夜は、男衆も女衆も一族の者すべてが参集していた。

上段の間には初代の鳶沢成元の木像や南無八幡大菩薩の掛け軸、神棚などが安置されていた。だが、当代の一族の頭は不在であった。

居流れる一族の者たちは押し黙って、その時を待った。

大広間に新たな人の気配がした。

笠蔵に先導されて美雪が入ってきた。

美雪が羽織った内掛けには双鳶の家紋が染めこまれていた。ということは不在の六代目総兵衛の代わりを務めることを示していた。

笠蔵が上段の間に美雪を誘い上げ、自らは板の間に座した。

一族郎党三十数名がその場に美雪を仰ぎ見て、平伏した。

「顔をお上げなされ」

美雪の声は緊張の中にも平静と威厳を保っていた。

「本夜、そなた方を参集したには格別な理由がございます。そのことをそなた方に申し伝えたく呼びました」

美雪の言葉は一座に静かなざわめきをもたらした。が、直ぐに静まった。

「過日、琉球の信之助どのより書状が届きました。その内容について申しあげます。鳶沢一族と大黒屋の未来を託し、総兵衛様御自身も乗り込まれた大黒丸が琉球沖にて南蛮の大型海賊船の襲来を受け、海戦の後、双方が行方を絶ったそうにございます」

「なんと」

「そりゃ、真にございますか」

一座から問いが洩れた。

「静かにせぬか、お内儀様の話は終わっておらぬぞ！」

二番番頭の国次の叱咤が響き渡り、一同が口を噤んだ。

「海戦当日、付近の海域は嵐の直後にあったそうな、それで海は荒れていたと申します。信之助どのは十日にわたり、海域を捜索なされた。その折、大黒丸の船体の一部や備品、積荷の他に喜一どのの亡骸を回収されました」

女衆の中から悲鳴が上がり、直ぐに静まった。

「今、われらが把握しておることはこれだけです。大黒丸が南海に沈没したか、どこぞの海を漂流なされておるか、知ることはできませぬ」

一座を重苦しい沈黙が支配した。

「大番頭の笠蔵どのと話し合い、しばらくそなた方には伏せておきました。だが、琉球は遠く、また次の報せが届くには何十日もかかりましょう。そなた方に真実を告げて、これからのことを相談したく、この場に集まってもらいました。この事態は鳶沢一族に、大黒屋にとってこれまで直面したこともない危機にございます。ですが、どんな時にもわれら一族が神君家康様と誓約を交わせし奉公は今も続いておるのです。このことをそなた方の胸に改めて言い聞かせて、今後のことを話し合いたいのです」

美雪の話が終わり、笠蔵が後を引き取った。

「聞いての通りである。ここで総兵衛様以下一族の精鋭が生きておる、死んでおるを話し合うても無益、その一件は当分伏せたうえでわれらが生き方を指図いたす」

美雪と異なり、笠蔵の口調は厳然としていた。

「一、総兵衛様の帰還の日までわれら鳶沢一族の仮当主は美雪様である。
一、美雪様に赤子誕生の砌、男児なれば仮当主は総兵衛様、美雪様のお子と致す。女児なれば美雪様が仮当主を続けられる。

一、総兵衛様御最期（さいご）が決まった場合には、仮当主が七代目の頭領を継承いたす。

一、われらは向後も変わりなく徳川一門への忠誠を誓いつつ、隠れ旗本として任を務め、古着商大黒屋の看板を掲げて、商売を一瞬の遅滞も弛緩（しかん）もなく続ける。もし、この事に動揺して、一族のご奉公に支障を来たす者あらば、鳶沢一族の習わしと覚悟に従い、厳正なる処罰を総兵衛様に成り代わり、美雪様が命じられる。

これが当面の通達である。なんぞ異論のある者は申し出よ」

しばし沈黙があった後、国次が一座の者の顔を見まわし、

「お内儀様、大番頭様、異論はございませぬ」

と答えていた。

「ならば各自が持ち場持ち場で今まで以上に緊張を持って、ご奉公を務めよ。ここで念を押すが、店の内外で大黒丸難破の事を口にするものあらば、この笠蔵が即刻そやつの素っ首を斬（き）り落とす、よいな」

「承知仕(つかまつ)りました」

国次が一座を代表して答え、残りの者たちが唱和した。

「よし、二番番頭国次、四番番頭磯松(いそまつ)、荷運び頭作次郎(さくじろう)を残して、解散いたす」

笠蔵の命に一座の者が無言の内に散った。

その場に残った五人は未明の刻限まで今後の対策を話し合った。

第一章　陥穽

一

その朝、いつものように秀三は母親のおてつと二人で膳を囲んだ。

鰯の丸干し、若布の味噌汁に麦飯といつもの朝餉だ。

いつもはもりもりと飯を掻きこむ倅が、

「ふーうっ」

という溜息をついてばかりで箸が動かない。

「おっ母さん、総兵衛様に限ってまさかということはあるめえ」

「六代目は腹がすわったお方じゃ、それに強運の持ち主でもあるでな。七代目の誕生も見ずに亡くなられることなどあろうか」

「そうだな」

この母子、富沢町の中に小さな古着屋を出していた。その店は大黒屋の敷地から地下通路で結ばれていた。

笠蔵は一族の中でも大黒丸難破の事を口にするでないと命じたが、母子なれば秘密もなにもない。

昨夜、告げられた総兵衛と一族の者たちの遭難は衝撃が大き過ぎて、一睡もすることができなかった二人だ。

二人は鳶沢一族の探索方に従事してきた。最初は担ぎ商いで情報を拾い集めていたが、総兵衛に命じられて数年前より小店を開き、時に荷を担いで売り歩きながら、相変わらずの探索方を務めていた。

「おっ母さん、なんぞわれらがすることがあるか」

「まず道三河岸の動きじゃな」

鳶沢一族は大老格の柳沢吉保と因縁の暗闘を繰り返してきた。五代将軍綱吉の寵臣吉保は富沢町で、

「財と力」を持ち、古着商について回る、「情報」を自在に使いこなす大黒屋総兵衛からその実権を奪い、わがものにせんと対抗馬を立て、背後から操ろうとした事件を切っ掛けに長い戦いを繰り返してきた。

常に刺客を放ってきたのは柳沢側だ。

そのたびに総兵衛に率いられた鳶沢一族は、綱吉の寵臣の挑戦を退けてきた。

こたびの大黒丸難破に先立って、柳沢吉保は大黒丸に息がかかった者を潜りこませていた。それは大黒丸乗員の中でただ一人、一族外の人間であった船大工の與助だった。

また大黒丸難破の直接的原因となったイスパニア国アラゴン人船長ドン・ロドリゴが率いる三檣帆船カディス号には柳沢吉保の旧臣隆円寺真悟が乗船して、海戦を仕掛けたのだ。が、そのことはおてつと秀三母子はむろんのこと、美雪も笠蔵らも知る由もなかった。

ともかく大黒屋の主の不在の間に道三河岸に屋敷を構える吉保がなにか新たな策を弄してくることは確かだった。

「道三河岸界隈は武家屋敷、それも幕閣の屋敷などわれら古着商ではなかなか近づけぬぞ」

「倅や、何年、探索方を務めておる。柳沢屋敷とて下女やら下男は口入れ屋を通して屋敷に入れておろうが」

「おっ母さん、おれに潜りこめというか」

「いや、ここは女の私が台所に入りこもうかねえ。柳沢家がどこの桂庵を使っているかとっくに承知しているよ」

と老練の探索方が胸を叩いた。

「ならば飯炊きひとりをなんとか捕まえて、屋敷から下がらせようかねえ」

「銭を使え、脅しちゃならねえぞ」

おてつは倅に柳沢家の飯炊きに銭を掴ませて屋敷替えをさせよと命じていた。

「おっ母さん、この事、お内儀様と大番頭さんに知らせなくてよいかね」

「桂庵で屋敷への潜り込みの手配がつけば、その足で笠蔵様に相談するさ」
おてつが言い、まず秀三が動くことになった。

その昼下がり、大黒屋の店先に駕籠が横付けされて、大きな腹を抱えた美雪が苦労して駕籠に乗りこんだ。供は二番番頭の国次と小僧の茂助の二人だ。

大黒屋の奉公人らに見送られて、駕籠が向かった先は四軒町の大目付本庄豊後守勝寛の屋敷だ。

大名諸家を監察糾弾する大目付の本庄勝寛と大黒屋総兵衛は肝胆相照らす仲であった。勝寛は総兵衛と一族の者たちが隠れ旗本としての任務を命じられていることを承知していたが、そのことが二人の間で話し合われたことはなかった。

本庄勝寛は総兵衛を、
「あくまで大黒屋当主」
として遇しつつ、交友を深め、時に危難を助け合いながら乗り越えてきたのだ。それだけに勝寛と総兵衛の仲は血を分けた肉親以上に固く、信頼し合っていた。

この日の訪問は朝のうちに本庄家に知らされて、許しを得ていたから、美雪と国次は直(す)ぐに勝寛の待つ書院へと通された。

臨月間近の美雪が直々(じきじき)の訪問である。

勝寛も書院に一人待ち受けていた。

「お内儀、お腹(なか)のやや子は元気かな」

「はい、医師どのも順調に育っておると申されております」

「うーむ」

と頷(うなず)いた勝寛が、

「近頃、総兵衛の顔を見かけぬが、本日の訪問はそのことかな」

「さようにございます」

と答えた美雪は、

「前置きが長くなります」

と断って、晩秋に出船させた大黒丸に総兵衛が若狭(わかさ)の小浜(おばま)沖から乗船するに至った経緯を語り、そのまま琉球へと向かったことを告げた。

「総兵衛は南海を駆け巡っておるか」

「そのことにございます。琉球におります信之助から書状が届きまして、大黒丸が琉球首里沖八十六海里の海上にて南蛮の海賊船に襲われ、海戦をなした模様にて、その後、両船ともに行方を絶ったのでございます」

「なんということが」

と驚きの声を発した勝寛が、

「いつのことか」

と聞いた。

「かれこれ一月半も前のことにございます」

「その後、知らせはないか」

「ございませぬ」

青ざめた顔に変わった勝寛がなにかを言いかけ、沈黙した。激しい動揺を必死で押さえこもうとする沈黙であった。

「本庄様には総兵衛を兄弟のように遇していただきました。生死が未だ判然とはいたしませぬが、そのことだけをお知らせしておこうと参じました」

「相分かった」

また沈黙が座を占めた。

「殿様」

と同席した国次が言いだした。

「大黒丸へ主の総兵衛が乗り組みましたのは、道三河岸の意を含んだ船大工が乗船していたことが判明したからにございます。手前どもは南蛮の海賊船の襲撃も道三河岸の企(たくら)みではと考えております」

「吉保様の力は綱吉様以外、だれもが止められぬほどに大きい。だが、江戸におられて、異郷の海に跋扈(ばっこ)する南蛮の海賊船を操れるものかどうか」

「そこにございます。もし大老格の柳沢様が長崎に入る交易船と密約を交わし、海賊船を動かしたとしたらいかがにございますか」

「その手があったか。異国の交易船は、いつなんどき海賊船に変わるやもしれぬと申すからな。ただ今は年間五隻(せき)ほどに制限されておる阿蘭陀(オランダ)船をもっと増やす、あるいはお目こぼしするという策を使えば巨大な利益が生じる。となると阿蘭陀船を通して海賊船を動かすこともありうる、これは江戸におってもできる話かもしれぬな」

しばし勝寛は沈思した。

「お内儀、ちと時間を下されǃ。城中にての柳沢様の言動を調べてみよう」

「お願い申しあげます」

美雪が言い、国次ともども頭を下げた。

「もし万が一、総兵衛が帰らぬ人となり、それが道三河岸の指図と分かったら、どうなさるな」

勝寛が美雪に問い質した。

「以心伝心、総兵衛の考えは女房の私にも伝わっております。その気持ちに従い、われらがなすべきことをやり遂げようかと覚悟しております」

勝寛は美雪の決断にただ頷いた。

「お内儀、今は総兵衛とのお子を健やかに産まれることに専念されよ。それが勝寛の申しあげるただ一つの忠言にござる」

「お言葉、美雪、この胸にしかと受け止めましてございます」

美雪と国次は勝寛に辞去の挨拶(あいさつ)をなした。

深夜の一族の集まりから二日後の夕暮れ前、大黒屋の店先に背に古着を担いだおてつが入ってきて、帳場格子(ごうし)の笠蔵に目で合図をした。

「おてつさん、仕入れかねえ。外は寒かろう、台所で茶でも飲んでいきなされ」

「ありがとうございます、大番頭さん」

おてつはそう答えると台所に向かった。そして、笠蔵も何気ない様子で奥へと姿を消した。

台所で二人は顔を合わせた。

背の大荷物を下ろしたおてつが、

「道三河岸に飯炊きで入りこむ手筈(てはず)を整えましたが、よろしゅうございますか」

と許しを乞(こ)うた。

「さすがはおてつ、抜かりはないね」

「これまでも何度か飯炊きしてますでな、事情は心得てます」

「やはりおてつも南蛮の海賊船は道三河岸の手引きと思うたか」

「いえ、そのようなことは考えもしませぬ。だがな、番頭さん、総兵衛様の不在の折に道三河岸が策動されるのはこれまでもあったこと、なんぞ引っ掛かればと思いましてな」

「おてつ、頼もう。だが、無理をするでない。連絡（つなぎ）はだれぞにつけさせよう」

おてつは頷くと供された茶を飲んで、

「どっこいしょ」

と再び背に大荷物を負った。

その夜、早駕籠が店仕舞いした大黒屋に着いた。

駿府（すんぷ）鳶沢村から駆けつけてきた鳶沢次郎兵衛には又兵衛（またべえ）、重次郎（しげじろう）、参造（さんぞう）、奈良平（ならへい）、大和（やまと）ら五人が援軍として従っていた。なにしろ江戸の大黒屋からは三番番頭の又三郎ら大勢の者たちが大黒丸に乗りこんで、手薄になっていたからだ。そのことを気にして次郎兵衛は五人を同行したのだ。

直ぐに次郎兵衛が美雪の部屋に通され、笠蔵と国次が同席した。

「美雪様、琉球からなんぞ知らせが入りましたか」

「二信は未だございませぬ」

次郎兵衛が、
がくり
と腰を落とし、

「信之助め、なにをしておるのか」

と次男の行動を詰った。

大黒丸の主船頭は次郎兵衛の長男の忠太郎であり、大黒屋の琉球店の店主は信之助であった。

「次郎兵衛様、琉球は異国に等しき地にございます。信之助さんとおきぬさん方も必死で動いておられようが、なにしろ波濤何百海里に浮かぶ島にございますからな」

「美雪様、総兵衛様方はもはや……」

「ここは腹を括って吉報を待ちましょうぞ」

「とは申せ、海戦は一月半も前のことではないか」

次郎兵衛は吉報が江戸にもたらされていることを信じて早駕籠に揺られてきたのだ。

一報以外、なんの知らせも届いていないことを知った次郎兵衛は急に体がしぼんだようで、ただの老爺に見えた。

「次郎兵衛様、過日、江戸の一族郎党を集めて、お内儀様よりこの一件告げてございます。その上で次なる命を発しました。次郎兵衛様にはなんぞお考えがございますか」

と笠蔵が先夜、通告した四か条を告げた。

「笠蔵どん、私も美雪様を中心にこれまでどおりの奉公に励むことに賛同いたします。もしものことがあれば、総兵衛様と美雪様のやや子がわれら一族の救い、なんとしても安産をお願い申します」

次郎兵衛は祈るように美雪を見た。

次郎兵衛は駿府から早駕籠を飛ばして江戸に急行してきたことが老骨に堪え

たか、腰を痛めて脂汗をかきながら大黒屋の奥座敷の一室で床に就くことになった。

美雪は大きなお腹を抱えながら、次郎兵衛の看護をした。

新しい年を大黒屋は暗く迎えようとしていた。

美雪がびくともせぬ女主の貫禄で奥に構えているので、店にはなんの動揺も見られなかった。だが、だれもが不安を胸に抱えて、遠き地からの便りを待っていた。

除夜の鐘が鳴り響く富沢町に早飛脚がよろよろと姿を見せて、大黒屋の表戸をどんどんと叩いた。

店の中から直ぐに反応があって、臆病窓が開かれた。

顔を覗かせたのは四番番頭の磯松だ。

大晦日のことだ、大黒屋ではだれもまだ眠りに就いていなかった。また眠りに就く場合でも、交替で店先に布団を敷いて寝ていた。

なにが起こっても対応ができるようにだ。

「だ、大黒屋さんだな。早飛脚だぜ」

「どちらからの早飛脚にございますな」

「遠国だな、薩摩だぜ」

「直ぐに開けますでな」

磯松は潜り戸を開けて、飛脚を導き入れ、笠蔵を呼んだ。また台所女中を呼んで、飛脚屋になにか食べるものをと命じた。

「磯松、どこから早飛脚ですと」

「薩摩にございます」

「よし」

と大声を上げた笠蔵が飛脚の差しだす油紙包みの手紙を受け取り、奥へと走った。

美雪はまだ起きていて、次郎兵衛と話をしていた。

「お内儀様、次郎兵衛様、琉球からの手紙ですぞ」

「おお、来たか」

次郎兵衛が必死の形相で床から起きあがろうとした。

「風邪など引かれるといけませぬ。私が読みまする、床でお聞きください」

「美雪様、お言葉ではございますが、寝てはおられませぬ」

次郎兵衛が起きあがる間に笠蔵が油紙の上に掛けられていた紐を鋏で切った。

そして、油紙を解き、

「やはり信之助からの手紙にございます」

と美雪に差しだした。

美雪は姿勢を正すと両手で受け取り、しばし瞑目した。そしてゆっくりと両眼を開くと封を披いた。そこにはまず、

「大黒屋総兵衛様宛て第二信」

とあった。

主人に宛てた手紙は信之助が総兵衛の大黒丸乗船を未だ知らないことを意味した。そのことを美雪は次郎兵衛、笠蔵に告げると改めて文面に視線を落とした。

「大黒丸の行方未だ知れず、残念ながら当地では絶望の声が上がり始めてございます。さて、本日は大黒丸を襲いし海賊船は、イスパニア国アラゴン人の船長ドン・ロドリゴ率いるカディス号ともっぱらの噂にて、また漂流物も当海域

で悪名を馳せしカディス号のものと判明しおり、まずこの一味の仕業に推測して間違いなかろうかと考えております。今ひとつ、訝しき噂が当地で流れております。琉球沖まで大老格の旧臣隆円寺某を運び、海賊船に移乗させたという唐人船の存在にございます。またこの唐人船も行方を絶ちており、首里ではもっぱらこの船も大黒丸襲撃に加わったという観測が流れております。

総兵衛様、私とおきぬは毎日情報を集めるべく、こちらの湊あちらの港と走りまわっておりますが、なにしろ荒天の沖合いでの出来事、目撃した者とてなく情報集めも難航しております。

先の第一信をお読みになった後、返書なされた事と存じますが、私どもは総兵衛様の指示に従い、今後、どうするべきか決める所存にございます。

ともあれ、その覚悟の上の琉球店開設にございましたが、かような事故が起こりしとき、江戸と余りにも離れた遠隔をおきぬと二人にて幾たびとなく繰り返し嘆いております。

以上、ただ今まで判明したことを書き送ります　信之助拝」

美雪の声が消えてもしばし座敷にその反応の言葉は起こらなかった。

「やはり海賊船の背後に道三河岸が控えておりましたか」

美雪が口を開いた。

「美雪様、われらが今後の行動、これにて定まりましたな」

「柳沢の屋敷にだれぞを送りこみますか」

「お内儀、すでにおてつが飯炊き(めした)にて入りこんでおります」

「それは素早いこと」

「総兵衛様らの遭難がはっきりと致したる今、われら一族は柳沢吉保暗殺の戦いに入りましてようございますな」

笠蔵が美雪に許しを乞うた。

「大番頭さん、言うには及ばずです。総兵衛様の残されたお子を総大将に総がかりの戦いに入りますぞ」

「畏(かしこ)まりました」

と笠蔵と次郎兵衛が拝命した。

二

宝永五年（一七〇八）が明けた。

道三河岸の柳沢吉保邸には相も変わらず猟官に走る大名旗本らの留守居役やら出入りを乞う商人たちの行列ができていた。

綱吉の寵臣として城中の実権を一手に掌握する吉保の下には、なんとかその力に縋り、余禄に与ろうとする武家や町人が連日詰めかけていた。

それらの者たちに柳沢家では三人が専属で応対し、持参の土産を素早く値踏みして、

「寄合近藤様の用人どの、意は確かに主の柳沢に伝えますで、また日を改めてお出でなされ」

「京橋太物問屋布引屋、控え部屋に上がれ」

とか持参の金子の高で選り分けていた。

「応対人どの、他日はお目にかかれるというお話にございましたぞ」

近藤家の用人が必死の形相で柳沢家の応対人にすがった。だが、柳沢家の応対人ににべもなく、

「大老職は激務にござる。またその日の日程は御用によっても変わられるでな、またに機会を見つけられよ」

と突き放されて肩を落としてすごすごと道三河岸に待つ駕籠へと戻った。

そんな風景が毎日のように繰り返されていた。

この日、柳沢家の応対人太田棟次郎はずしりと重い菓子箱に、

「おや、これは大物」

と手の感触を確かめた。そして、菓子箱の上に差された名札を見た。

「旗本大給乗近」

とあった。

菓子箱は京の老舗の菓子舗のものだが、柳沢家にとってはありふれたものだ。

大給は清和源氏の流れをくむ松平家系だ。五千石の大身旗本から二百六十俵の家まで十数家あった。

柳沢家に懇願に訪れる者たちを相手に筆頭応対人を務める太田は、手近の

『武鑑』で大給乗近を調べた。

二百六十俵、無役が長く続いていた。

(はて、小普請(こぶしん)の家にかようなものがまだあったか)

太田は大給家の用人を呼ばせた。だが、その羽織袴(はかま)も草臥(くたび)れたもので、大給家の内緒が知れた。

(勘違いを致したか)

太田は菓子箱を突き返そうとして、

(いや、待てよ)

と自分の判断に迷った。

「そなた、私を名指ししたそうな」

「はい、たしかに」

しばし考えた太田は、

「ちとお待ちなされ」

と大給家の使いを待たせて奥の部屋に入り、菓子箱を開いた。すると菓子の下に慶長笹書(ささがき)大判が五枚隠されてあった。

最初の勘があたっていたことになる。

慶長笹書大判は慶長六年（一六〇一）、江戸幕府誕生直前に鋳造されていた。それには京の後藤家の手で、

「拾両　後藤」

の花押が鮮やかに墨書されていた。

本物はおよそ四十四匁（約一六五グラム）、大判五枚ともなると二百二十匁（約八二五グラム）とずしりと重いのだ。

大判は小判の十倍の価値であった。だが、大判が市場に出まわることはなく、もっぱら儀礼の進物用、あるいは賂のために使われた。一両の十倍とはいえ、実際の価値はさらに大きく上回っていた。

後藤家の金額、鑑定銘は使い物にする際に判賃を支払い、書き改めた。これを認替といった。薄れたものは後藤家にそれなりの認替料を払い、書き直してもらうのだ。

（なんとのう）

そして、名指しされた以上はなんぞ意を含んでのこと、太田は素早く大判一

枚を抜き、すうっと袖（そで）の下に入れた。残りの四枚の大判を菓子箱から取り出して、机の上にあった袱紗（ふくさ）に包んだ。

再び元の部屋に戻った太田は、大給家のお使いを近くに呼び寄せた。

「そなたの名は」

「新能五郎次（しんのうごろうじ）にございます」

「主の大給乗近様はただ今おいくつかな」

「三十一歳にございます」

「働き盛りにございますな」

「いかにもさよう」

大給家の使いは柳沢家の応対人の目に止まり、主の役を得んと必死の形相で売り込もうとした。

「乗近どのはどのような奉公を考えておられるか」

太田は囁（ささや）いた。

「城奥奉公でござれば、無事務め上げようかと思います」

「二百六十俵で奥向きのう」

応対人の太田が考える振りをした。

「なにとぞよろしゅうお願い申します」

太田はちらりと袱紗を広げて四枚の大判を持参した使いに確かめさせた。

一枚がすでに抜かれて、四枚になっていた。

使いは意が通じたとばかりにただ頷いた。

「奥向きとなれば、このようなものがあと何枚か要るがのう」

太田がさらに低い声で囁き、大給家の使いが、

「こたびはなんとしても奉公を致しとうございます。大給家の蔵を総浚いしましても柳沢様のお力に縋りとうございます」

「ならば考えはなくもない。乗近どのは達筆か」

「能書家ともっぱら評判にございます」

「よかろう、二日後に来られよ」

応対人の太田棟次郎があと一、二枚は己の懐に入るかと内心満足の笑みを浮かべて、大給家の使いに会釈を返した。

大給家の使い、新能五郎次が牛込柳町の屋敷に帰ったのは夕暮れの刻限だ。

そこには大黒屋の番頭の笠蔵が待っていた。

「新能様、どうでございましたな」

「受け取られました。そのうち一枚は応対人どのの懐に入ったものと思えます」

と五郎次が問答の仔細(しさい)を述べた。笠蔵が、

「相手は太田棟次郎様ですな」

と念を押した。

「はい」

と答えた五郎次が、

「大黒屋の番頭どの、乗近様にお役が就きますかな」

と突然大黒屋から持ちかけられた話の行く末を案じた。

「達筆かと太田どのが訊かれたのですな」

「はい」

「なればなんぞお役の沙汰(さた)が下りましょう」

「有難いことで」

と安堵した五郎次が、

「大黒屋さんは散財ですが、それでよろしいのでございますかな」

「私どもは商人にございます。大判五枚や十枚分の元はきっちりと取り返しますで、ご安心くだされ」

「なんとも不思議なことで」

「世の中にはかようなこともございますよ。とくに柳沢様がお相手の場合はな」

笠蔵は用意してきた五枚の大判を五郎次に渡し、

「これでな、大給様のご奉公は万全でございますよ」

と保証した上で、

「お役が決まった上はこたびのことは一切お忘れになることですぞ」

「承知仕りました」

二日後、大給家の用人、新能五郎次は再び道三河岸の柳沢邸を訪ねて、主の仕官を願うと同時に笠蔵から預かった大判五枚を差しだした。

その結果、太田から、

「西の丸奥祐筆(ゆうひつ)の席が一つ空いておりますれば、そちらはいかがかな」

という返事を貰(もら)った。

新能五郎次は、

「大判十枚と大黒屋」

の力に敬服しながらも、

「これで大給家も一息つける」

と安堵した。

再び大給家を訪れた笠蔵が富沢町の大黒屋に戻ったのは、夕暮れ前の刻限、直(す)ぐに美雪の待つ奥へと向かった。そして、店から国次と作次郎が呼ばれた。

「引っ掛かりましたぞ」

二人を笠蔵の言葉が迎えた。

「大給様の仕官、お決まりになられたので」

国次が訊き、笠蔵が答えた。

「西の丸の奥祐筆に就かれて大喜びでな」

「女の口はなかなかのもので」

作次郎が笑いもせずに言った。

柳沢家の台所に飯炊きとして入ったおてつが、聞き耳を立て、

「応対人の太田様は外に女を囲っておられるそうな」

「そのためにかかりも大変だそうだよ」

「大きな声では言えぬが、殿への賂(まいない)の一部を抜いて工面をされているという話だ」

「女を囲うのも大変だな」

「なにせ相手は吉原の遊女だそうだ。それを落籍(ひか)せたそうでな、上げ膳(ぜん)据え膳の贅沢(ぜいたく)を覚えた女は金食い虫だ」

「私ら相手ならそうはかからぬにな」

「嫌だよ、太田様の嫌らしい目で見られると、ぞおっとするよ」

「ほんにほんに」

という噂話を逐一、手紙に書き留めた。それを柳沢家出入りの八百屋の男衆として野菜を届けに来た晴太に渡した。

この事を知った笠蔵たちは、応対人太田棟次郎に網を仕掛けることにして、あらゆることが調べられた。

その探索によれば、蔵前の札差伊勢半の接待で吉原に行った太田は、角町の中見世の松露の遊女菊春に惚れ込んで、身請けすることになった。

その菊春ことお春を吉原の南西、寛永寺下の坂本村に囲ったのである。だが、柳沢家の一下士風情が妾を養うのは気も遣い、金も使った。台所女中に噂されるほど入れあげた太田は無理をしていた。

「三日にあげずいそいそと、お春のところに飛んでいくそうな。今宵もまずは出向こう、国次、作次郎、手配しなされ」

「承知しました」

二番番頭の国次と荷運び頭の作次郎が畏まった。

二人はその足で大黒屋の船着場に行くとすでに用意してあった荷船に乗りこんだ。

作次郎の配下の亀八が棹をつくと船の舳先がぐいっと回され、入堀を出て、大川に向かった。

すでに富沢町界隈には夕闇が訪れていた。

国次と作次郎は同船していた三人の若者を見た。

分家の次郎兵衛が駿府の鳶沢村から同行したうちの参造、奈良平、大和の三人だ。

三人はこれまで江戸のお店奉公に上がることなく、鳶沢村で隠れ旗本の一族としての修業を続けながら、出番を待っていた。いずれも十六歳から十八歳の若者であった。

「参造、奈良平、大和、そなたらの初陣じゃあ。江戸の地理には暗かろうがせいぜい作次郎どのの命に従うのです」

「はい」

国次の命に初々しい返事が戻ってきた。

荷船は大川との合流部、川口橋を潜ると本流に出ることなく直ぐに右手に折れ、武家屋敷の間を抜ける堀へと入り、さらに崩橋の下を通って日本橋川へと出た。

江戸は運河の都である。

隅田川の両岸に東西南北に掘り抜かれた運河が人や物や情報を運んでいた。数ある運河の中でも、日本橋川は運河の花であった。

西は御堀に接して、一石橋から日本橋、江戸橋と江戸でも名だたる橋が架かって、その両岸には魚河岸やら木更津河岸があって、人と船の往来も賑やかだった。

国次らを乗せた荷船は一石橋まで漕ぎあがった。そこで亀八が岸辺に寄せた。するとすぐに探索方として出張っていた秀三が船に寄って来た。

「まだ屋敷から出てくる気配はございませぬ」

太田棟次郎は日本橋際から駕籠を雇うか、猪牙舟のどちらかに乗って坂本村の妾宅に向かうという。むろん水上の場合、浅草寺近くの河岸に着けてそこから徒歩か駕籠を雇うかするのだ。

駕籠か、猪牙舟か。

国次らは太田棟次郎がどちらでいくことになってもいいように荷船を用意し

た。

待つこと四半刻（三十分）、秀三が再び姿を見せた。

「番頭さん、あの者にございますよ」

河岸を中年の武士がせかせかとした足取りで日本橋へと急いでいた。

柳沢家の応対人太田棟次郎は、主が御城下がりしてきて、その日の嘆願の貢ぎ物を報告した後、自由の身になった。これで、翌朝までは屋敷を空けることができるのだ。

坂本村に待つお春のことを思いながら、太田は春とは名のみの正月の寒さに首をすくめ、水上より陸路を駕籠で行くことに決めた。

「駕籠屋、寛永寺下の坂本村まで頼もう」

日本橋際の駕籠屋の老舗、駕籠一の店先で声をかけた太田は直ぐに用意された乗り物に乗りこんだ。

それを見た国次は荷船を竹町ノ渡しに回すように亀八に命じて、船から河岸へと上がった。そして、駕籠が日本橋を渡り始めたときには、鳶沢一族の者たちの監視の網に太田棟次郎はすっぽりと嵌りこんでいた。

国次は作次郎を坂本村の妾宅へと先行させた。

東叡山寛永寺の東側から北辺の、坂本村から金杉村にかけては寺が多かった。俗に根岸の里と呼ばれ、風流人の隠宅も数多くあった。

柳沢家の応対人の太田棟次郎が吉原の半籬の妓の菊春を落籍せて、囲った妾宅は、坂本村の東蓮寺という小さな寺に接した閑静な場所にあった。

その昔、下谷の染物屋の隠居所で、板塀に囲まれた部屋数三つほどの小体なものだった。

太田棟次郎の駕籠がお春の家の門前に到着したとき、上野の時鐘が五つ（午後八時頃）を鳴り終えたところだった。

板塀の中には広くはないが手入れの行き届いた庭があった。

「お待ちしておりましたよ」

とお春の甘えた声に迎えられた太田が妾宅の奥に消えた。すると闇から浮かび出た国次らを、すでに手配りを終えた作次郎が迎えた。

「しばらく時を待とう」

国次の命に無言の裡に頷いた一行は、持ち場に着くと息を潜めた。

鳶沢村から出てきたばかりの三人は、国次のかたわらにおかれた。

ゆるゆると緊張の時が過ぎていく。

四つ（午後十時頃）の刻限を過ぎた寺町は深い静寂の中にあった。

家の中では太田がお春相手に酒を飲んでいる様子が伝わってきた。

やがて小女が台所から自分の部屋に下がった。

起きているのはお春と太田だけだ。

さらに半刻（一時間）が過ぎた。

国次が立ちあがった。すると気配もなく作次郎が国次の前に姿を見せた。

「閂は外してあります」

「忍びこむのは私と頭だけだ」

残りの者たちを家の外に配した国次が縞模様の袷の裾を後ろの帯にたくし込んだ。

刃渡り一尺七寸三分（約五二センチ）の小太刀がもたれていた。

国次は一族の中でも小太刀を遣わせると一、二の遣い手だった。

大力の作次郎は腰に縄をぶら下げ、無造作に豪刀を差し落としていた。

二人が今一度顔を見合わせ、門の外されている格子戸を静かに引きあけると敷地に入った。さらに玄関の戸を作次郎が下から持ちあげるように外した。

正月の冷たい風が屋内に吹き抜けた。

大男の作次郎が身軽にも玄関脇の小女部屋に忍びこみ、寝息を立てている女の口を手拭で手際よく塞ぎ、目を覚ました女をくるくると夜具で包みこむと縄をかけた。

一瞬の早業だ。

国次は明かりを目当てに奥へと忍んでいった。

「旦那、なんだか冷たい風が入ってきますよ」

「お春、おまえが長襦袢だけになったせいで感じるのですよ。私が、ほれ、こうやって温めてやろうかな」

「いやですよ、そんな恥ずかしい」

男と女が絡み合う部屋の外に二つの影が立ち、障子を開いた。

「なんですねえ」

と棟次郎の体に組み伏せられたお春が視線を向けた。

そこには国次と作次郎が立っていた。

「あれっ」

棟次郎の体の下から逃れようとするお春の異様な動きに顔だけを振りむかせた太田が、

「なんだ、おまえたちは」

と震える声で訊いた。

「ちとそなたに用事のある者でな」

「わしは大老格柳沢様の家臣じゃぞ、狼藉いたすと捨ておかぬぞ」

「そう、慶長笹書大判を二枚ちょろまかした応対人に用事でな」

「な、なにやつか」

お春の体から逃れようとする太田棟次郎の裸の首を大力の作次郎が、

ぐいっ

と摑み、一気に締め落とした。

「あれ」

とあられもない格好で逃げようとする長襦袢の裾を国次が足で押さえ、手刀を首筋に打ちこんで気絶させた。

これまた一瞬の早業で二人の男女が鳶沢一族の手に落ちた。

三

大黒屋は隅田川左岸の小梅村に寮を所有していた。

その寮に久しぶりに人の気配がした。

連れこんだのは二番番頭の国次らで、連れこまれたのは大老格柳沢吉保の応対人の太田棟次郎と妾のお春だ。

太田が顔に冷水をかけられ、意識を取り戻したとき、大黒屋の寮の蔵の柱に結わえつけられていた。寝巻きの裾は乱れて、帯はだらしなく結ばれ、褌(ふんどし)は脱がされていた。

「かような無法をなすはだれか」

太田はせいぜい虚勢を張って無言の集団を見た。

坂本村の妾宅に忍びこんだ二人は商家の奉公人とも職人ともつかぬ格好をし

ていた。だが、今、太田を見下ろす一団は、鳶違え双紋を染め抜いた海老茶の戦衣を身につけて、丸型の鉄兜を被り、腰に大小を差し落として両腕を組んでいた。

明かりは太田のみに当たり、奇怪な一団は影になっていた。それがまた太田を恐怖に陥れた。

「太田棟次郎、そなたも柳沢吉保の筆頭応対人なれば、鳶沢一族の名を聞いたことがあろう」

影の一人が答えた。

「なんと、鳶沢一族とな」

と驚愕の叫びを洩らし、

「知らぬ、さような名など聞いたこともない」

と驚きを打ち消した。

「棟次郎、そなたの扶持はいくらか、せいぜい五十俵か六十俵か。それで吉原の遊女を身請けして坂本村に妾宅を構える、なんぞからくりがのうてはできぬ算段じゃな」

この格好で坂本村からどこに連れだされたのか、太田はお春の身に思いを馳せた。

四十三歳の太田棟次郎は二十一歳のお春に惚れ抜いていた。白い餅肌はしっとりと吸いつくようでたとえようもない宝物だった。

これまで女に見向きもされなかった太田棟次郎が若いお春を囲い、思いのままにしてきたのだ。

太田棟次郎は、鳶沢一族の男が喝破したように六十俵五人扶持の軽輩だ。

だが、応対人には連日嘆願に訪れる者たちからの付け届けがあり、さらには主への賂の一部を抜き取るという手もあった。それだからこそお春の身請けの金子を用意できたのだ。

無論のこと、藩邸内でも家族にも、遊女を落籍せて外に妾宅を構えていることは極秘にしてきた。

（それを鳶沢一族は承知していた）

なんとしてもこの危機を切り抜け、お春との暮らしを取り戻すのだ。

後ろ手に縛られ、柱に結わえつけられた格好で太田は必死で考えを巡らせた。

綱吉様の寵愛を一身に受け、飛ぶ鳥を落とす勢いの柳沢吉保様がただ一つままにならぬものが、

「鳶沢一族」

との噂は藩邸で密やかに囁かれていた。

吉保様と一族はこれまで幾度も暗闘を繰り返してきたとか。だが、未だ制圧されていないことを自ら囚われの身が教えていた。

「わしが妾を囲おうとどうしようと余計なお世話じゃあ、柳沢家にはいろいろと付け届けもある」

「とは申せ、賂は主へのもの、応対人がくすねてよいものか」

「さような真似を致すものか」

影の二人が懐からなにかを出して、太田の裾の間からあらわになった、しなびた一物の前に投げた。

板の間に鈍い音を立てて落ちたのは二枚の慶長笹書大判だ。

「そ、それはわしのものだ」

「いや、仕官を望む旗本家の用人どのが二度に分けて、賂として吉保に贈った

大判十枚のうちの二枚だ」

「なんと」

「太田棟次郎、慶長笹書大判の出所は鳶沢一族よ」

「騙しおったか。大給家め、どうしてくれん」

「他人の心配などどうでもよい、そなたの頭の蝿をなんとかすることじゃぞ。考えてもみよ、そなたはもはや柳沢家には戻れぬ身よ。これまで主どのへの賂をどれほどくすねた」

「いらぬ節介じゃあ」

「山吹色がなによりのお好みの吉保じゃぞ、応対人の一人が賂の大判十枚のうち二枚をくすね、妾を囲っておると知ったら、軽輩者の太田棟次郎を許すかのう。そなたの家族ぐるみ屋敷の外へと叩き出されるか。さすれば、そなたは妾遊びなぞしてはおられぬな」

「お、お春はどうなった」

「この屋敷内におる。そなたの返答次第ではお春をわれらが責め苛み、なぶり殺しも迷いはせぬ」

ひえっ
と叫んだ太田が喚いた。

「お春に会わせよ」

「会わせぬこともない。またこれまでどおりの暮らしを立てさせてやらぬでもない」

「どうせよと申すか。もはや屋敷に戻れぬと申したではないか。すでに今日の御用に遅れておろう」

「心配いたすな。風邪ゆえ一日の休みをと願いを出してある」

「わしになにをせよと」

「そなた、隆円寺真悟と申す柳沢家家臣に覚えがあろうな」

「元御番頭の隆円寺様か」

「さよう、その隆円寺よ」

「隆円寺様は失態の廉によりて柳沢家から放逐された」

「それは真相のほんの一部よ、今も吉保とつながりを持っておる」

「それをどうせよと」

「どこにおるか急ぎ調べよ」

「そなたも言うたではないか。柳沢家の応対人は下級の家臣の仕事、わしでは如何ともし難い」

「ならばお春との暮らしを諦めよ」

「くうっ」

と奇妙な声を太田は洩らした。

「なんぞ手がかりがなければ」

「琉球、長崎、南蛮船、これらにかかわりのある人物を調べあげよ」

「長崎とな」

太田棟次郎の目に力が戻った。

長崎奉行駒木根政方支配下の大検使佐々木多聞助が昨年春先から道三河岸に姿を見せるようになっていた。佐々木と面会するのは御用人村崎市兵衛直々だった。特に近頃、佐々木の来宅が頻繁になり、屋敷に険しい空気が漂ったことがあった。

あの佐々木が隆円寺様との仲介を果たしていたのか。

そして、あの険しい空気がこたびの鳶沢一族と関わりがあるのか。

（いや、確かにあるぞ）

と太田棟次郎はお春を助け出す手がかりを得た思いで言った。

「調べるには時間がかかる」

国次は太田の表情にそれまでとは違うものが漂っていることを見ていた。

（こやつ、なんぞ思い当たることがありそうだ）

「急げ、三日のうちに調べがつかぬようなれば、お春の身はわれらが好き放題にして、その後、深川の櫓下の女郎屋に叩き売る。吉原と違い、きつい務めよ」

「待て、さようなことをお春にさせてたまるか」

「ならば、そなたの選ぶ道はただ一つ、まずは隆円寺と吉保の関わりを調べよ」

「お春をわしの下に返してくれるな」

「坂本村に今日にも返そうか。だが、坂本村は鳶沢一族の者たちに監視されていると思え」

「分かった」

「そなたがわれらの意に沿った行動さえとれば、お春の身と二枚の慶長笹書大判はそなたの手に戻そう」

太田棟次郎はしばらく考えた後、

「お春の顔が見たい」

と条件を出した。

長崎から阿蘭陀(オランダ)商館長一行の江戸入りが間近に迫っていた。

太田棟次郎は一日休みをとった後、首に真綿を詰めた白布を巻いて職に復した。

だが、いつもの御用を務めていてもお春の顔が、白い肌が目にちらついて気もそぞろだった。

筆頭応対人の太田棟次郎は、主柳沢吉保の力に縋(すが)ろうとする訪問者の姿が門前から消えた後、御用人村崎市兵衛にその日の嘆願の趣旨と貢(みつ)ぎ物の書付を提出する仕事があった。

この際、留守居役藤堂親禎か、江戸家老左甚五左衛門が同席して、太田の書いた書付を点検することがあった。

坂本村の妾宅に鳶沢一族の者たちが押しこんで二日目の夕暮れ前、長崎奉行の駒木根政方の大検使佐々木多聞助が道三河岸を訪れた。

遠国奉行の中でも一番の、

「実入り」

の多い長崎奉行は二人制、長崎と江戸に交互に滞在した。

目付から転じた駒木根は、大金を柳沢吉保に贈ってようやく長崎奉行の役を得たのだ。

長崎奉行就任は宝永三年正月十一日、二年前のことだ。

春先には長崎在勤の先任佐久間信就と交替で長崎に赴任することが決まっていた。

長崎奉行の役料は千石と他の遠国奉行に比べて破格に高かった。だが、長崎奉行の役得はこの役料ではなかった。

お調物の名目で唐、阿蘭陀からの輸入品のうち、希望する一定額を元値で先買いし、京、大坂で数倍の値で売り飛ばすことができた。さらに八朔（旧暦八月一日）には、長崎の地役人、豪商らから寸志の金品を八朔銀の名目で受け取ることができた。

長崎奉行に就けば一財産できると羨ましがられた役職だ。

それだけに一日でも長い長崎赴任を続けたいが、それには大老格柳沢の支持が要った。

太田棟次郎はその日の書付を用意しながら、なんとか鳶沢一族の命じた調べを終えて、お春との暮らしを再開したいものと策を巡らせていた。

太田の脳裏にはお春のことしかなかった。

夕暮れ前、書付を持参した太田棟次郎は御用人村崎市兵衛の御用部屋に向かった。

御用部屋からは人の気配と重い空気が漂ってきた。

廊下から太田棟次郎は声をかけた。

「村崎様、応対人の太田棟次郎にございます」

御用部屋の話し声が途絶え、

「太田、明朝の報告とせよ」

「はっ」

太田棟次郎は廊下を引き返す素振りで戻った。だが、廊下をぐるりと回り、御用部屋の東側に出ると、そっと障子を引きあけた。

その部屋には嘆願に訪れた使いが持参した品のうち、金子、生ものを除いた物が一時的に保管してあった。

その日だけの品物だ。それが部屋一杯に積まれていた。いつものことだ。

八つ半（午後三時頃）の刻限、太田棟次郎が指揮して運びこんだものだ。

部屋の様子もその日の贈答品もすべて承知だった。

太田は回船問屋が持参した鰹節（かつおぶし）の箱と茶問屋が持って来た茶壺（ちゃつぼ）の陰に潜んで身を屈（かが）めた。

御用部屋から話し声が漏れてきた。

「……念を押す、カディス号なる南蛮海賊船の行方は知れぬのじゃな、佐々木どの」

「はっ、琉球から長崎を経て届けられた、いくつもの連絡を考え合わせますと海戦の後、沈没したのは確かかと」

「漂流する武家の死体が発見されたというが、それが隆円寺と知る方法はないか」

「なにしろ異郷の海の出来事にございますれば」

「まどろっこしいのう」

「武家の遺体は足が不自由な上に胸に矢が突き立っていたとか。あの海域に武士の死体が漂流するのはまず珍しゅうございましょう。となれば隆円寺様の骸と考えてよいかと」

「大黒丸も行方が知れぬのじゃな」

「まずカディス号と共倒れに南海の海底に沈没したと考えるのが順当なところかと思われます。長崎に入った唐人船もそのようなことを申しておるそうな」

問答は長々と繰り返された。

太田が隣部屋に忍びこんで四半刻（三十分）後、佐々木多聞助が御用部屋を辞した。

時間を見計らって立ち退こうとした太田の動きが止まった。

「長崎奉行の使いは帰ったか」

その声は留守居役の藤堂親禎だ。

「帰りましてございます」

「その顔は吉報なしじゃな」

「先日来の繰り返しにございましてな、なんともまどろっこしいもので」

「村崎、驚くべき話がある」

「よき話ですか、それとも」

「吉報よ」

「なんでございましょうな」

「この数か月、大黒屋の主の総兵衛の姿がだれにも見られておらぬ」

「富沢町に不在の噂が流れておりまする」

「それよ、総兵衛が大黒丸に乗船しておるという話じゃ」

「お待ちくだされ。大黒丸が江戸を発った後、総兵衛は富沢町で見られておりますぞ」

「そこだ、どうやらわれらが放った船大工與助の行動に疑惑を抱いた総兵衛が船を追い、若狭小浜領内から乗船したという確かな知らせがもたらされたのだ」

「待ってくだされよ。ということは大黒丸もろとも総兵衛が死んだということにございますかな」

「そう考えてもよかろうと殿も申されておる」

「南蛮の海賊船、頼りにならずと思うておりましたが、総兵衛を海底に沈めたとなるとこの仕掛け、われらの勝ちにございますな」

「殿は富沢町を揺すってみよと申されておる。あやつの死が決まれば、大黒屋など潰すのは難しいことではない。一気に大黒屋の実権をこちらにいただくまでのことだ」

「かねての手筈どおりに仕掛けてようございますな」

「これまで総兵衛には、幾たびとなく苦汁を嘗めさせられてきた。慎重の上にも慎重を期してあたるのだ」

「承知仕りました」

藤堂が御用部屋を去った後、太田棟次郎は迷っていた。

村崎市兵衛と面会し、鳶沢一族から脅迫されていることを報告して、主家に忠勤を尽くすかどうかの煩悶だった。

だが、

（待てよ）

と太田は考え直した。

もし、この事を報告すれば、お春のことがすべて露呈するではないか。六十俵五人扶持が遊女を落籍せて妾にしたと知れば、その金子の出所が追及されるだろう。となれば、主家に忠義を尽くしても太田棟次郎は破滅に追いこまれることになる。

お春との逢瀬などもはや考えられぬ。

鳶沢一族の提案に従い、お春を取り戻すことしか道は残されていない、改めてそう考えを整理した太田棟次郎は、御用人の控え部屋から再びそっと廊下に出て、応対人の部屋へと戻った。

もはやそこにはだれもいなかった。

刻限は六つ半（午後七時頃）時分か。

（一日早いが坂本村を訪ねてみようか）

太田棟次郎はそそくさと支度をすると役宅には戻らず、その足で柳沢屋敷の表門通用口を出た。

「太田様、御用ですかな」

門番が太田に声をかけた。

「奉公人のつらいところでな、御用人の命で急ぎの御用です。帰りは明朝になりましょうかな」

門番は応対人が外に妾を囲っているという噂は真実かと思いながらも、

「ご苦労様です」

と送りだした。

坂本村の妾宅にはお春の姿があった。

「旦那様」

「無事に戻っておったか」

「はい。旦那様とどこぞの蔵の中でお会いした後、この家に連れ戻されました」

「よかった」

と胸を撫で下ろした太田棟次郎の視線の先に影が立った。

鳶沢一族と名乗った男だったが、この日は町人の格好をしていた。

二番番頭の国次だ。

「御用を忘れなかったと見えるな」

「そなた方も約定を忘れまいな」

「心配いたすな」

お春が別室に連れ去られた。

「聞こう」

棟次郎は御用部屋の控えの間で聞きこんだ話を告げた。

国次は棟次郎に二度ほど話を繰り返させ、何度か念を押した末に、

「ようしてのけてくれた。今晩はお春と一緒に過ごせ」

と一夜の恩賞を与えた。

四

国次の報告が富沢町にもたらされ、美雪の下に笠蔵、磯松、次郎兵衛が呼ばれた。

次郎兵衛はようやく旅の疲れが抜けて腰の痛みも軽くなり、床から起きあがることができるようになっていた。

「総兵衛様の遭難を柳沢は耳にしておるか」

次郎兵衛が呻くように言った。

「分家、いつかは知れることにございます」

と国次が覚悟したように言い切り、

「それよりも隆円寺真悟が南蛮の海賊船に乗っていたとなれば、異郷に舞台を移しての柳沢様との戦いの再現にございますぞ」

「国次、柳沢は隆円寺なる元家臣が消えたに過ぎぬ。われらは総大将を失っておる」

「次郎兵衛様、総兵衛様の死が決まったわけではございますまい。われらはこれまでどおりの務めを果たすのみにございます」

美雪の言葉に次郎兵衛が、

「これは年甲斐もなくうろたえてしまいましたな」

と女主に詫びた。

「次郎兵衛様、道三河岸からの仕掛けが明日にも参りましょう。まずその対応ですが……」

美雪の憂慮は総兵衛ら鳶沢一族の精鋭が大黒丸に乗りこんで、富沢町には若い力しか残されていないことだった。そのことをどうしたものかと提議すると、国次が、

「泥棒を捕まえて縄を綯う感も免れませぬが、明朝から猛稽古に入ります」

「それではちと頼りないが、もはや鳶沢村からの援軍も厳しいでな」

と次郎兵衛が国許には、老兵と年少の者しか残っていないと言った。

「ともあれ、ただ今の戦力で総兵衛様らの帰還まで頑張り抜くしかございますまい」

長いこと大黒屋の主なき奥座敷で話し合いが続けられた。

翌日、北町奉行松野河内守助義(まつのかわちのかみすけよし)の名で大黒屋総兵衛に呼び出しがあった。使いの奉行直属筆頭手付同心村上熊丸(むらかみくままる)は、大黒屋にとって初対面の人物であった。手付同心、正式には用部屋手付同心と呼ばれ、奉行直属で十人が裁きの下調べなどを行った。そのせいで上司は内与力であった。

内与力は奉行所付きの与力ではない。旗本から就任してくる奉行家の家臣で主が奉行の地位にあるときのみ、内与力と呼ばれ、奉行の秘書ともいうべき仕事に当たった。

村上熊丸は三十八、九歳のいかつい体つきの男でその名のとおり、顎(あご)から首筋、さらには手首にまで剛毛が生えていた。

内勤の同心だが、腰のすわり具合や眼光の鋭さから武芸もなかなかのものと推量された。

この村上と応対した笠蔵は、

「村上様、ただ今、主の総兵衛は所用にて上方へ旅をしております」

「古着商は町奉行所が監督下にある。古着商たる大黒屋が長きにわたり、所用の旅をするというのに奉行所に届けも出しておらぬか」

「いえ、月番の南町御奉行丹羽遠江守長守様には届けは出してございます」

大黒屋ではこのようなこともあろうかと総兵衛が伊香保から中山道を進み始めたときに大黒屋と親しい南町に届けは出してあった。

「いつ総兵衛は戻る」

「こたびは大商いにございまして、帰りがだいぶ遅れております。私ども道中でなんぞあったのではと心配しておるところにございます」

「古着商がそのように長期にわたり、不在をなすとは不届き至極である。なによりそれでは御用の役に立たぬということではないか」

「申し訳なきことにございます。お呼び出しの趣旨はいかなるものにございましょうかな。私、大黒屋の番頭で済むことなれば、私めが参じますが……」

「その方、北町御奉行直々の呼び出しを軽視いたすか。番頭風情で主の代理が務まると思うか！」

店先に手付同心の怒号が響きわたった。

「はっ、さような意味合いではございませぬ」

笠蔵が土間に飛びおりた。

「番頭、おのれら奉公人までが増長いたし、町方などなにほどのことやあらんと軽んじておるな。お奉行直属の筆頭手付同心村上熊丸、ちと手強(てごわ)いぞ、覚悟いたせ！」

「はっ、はい。これは迂闊(うかつ)なことを、お許しください」

笠蔵は土下座して白髪頭を土間に擦(す)りつけた。

「番頭、三日後八つ半（午後三時頃）までに総兵衛を北町へ出頭させよ。よいな、きつく命じるぞ」

「ただ今も申しあげましたとおり旅の最中にございますれば、なんとも申しあげようがございませぬ」

「そのときは相応の沙汰(さた)を覚悟しておけ」

村上熊丸と小者一行が足音も荒く大黒屋の店先から消えた。

しばし笠蔵は土間に座したまま新たに出現した手付同心の消えた店の外を見ていた。

「大番頭さん」

四番番頭の磯松も土間に足袋裸足(たびはだし)で降りて、笠蔵の身を案じた。

大黒屋の店の中にいた大勢の客たちがその模様を気の毒そうに見ていたが、
それに気づいた笠蔵が、

「おおっ、これはお客様方に不快な思いをさせましたな」

と声をかけて、足袋を脱ぎながら土間から上がり、客たちの視線の届かぬところで、
にやり
と不敵な笑いを浮かべた。

(まずこれが道三河岸の打ってきた第一番目の策か)

総兵衛が三日以内に戻ってくる可能性はない。

笠蔵は手に汚れた足袋を提げて、店から渡り廊下を通って奥座敷に向かった。

そこまでは店先の騒ぎは伝わっていないと思ったが、美雪と次郎兵衛と国次が笠蔵を待ち受けていた。

「北町からの使いのようですね」

国次が知らせたものと思えた。

「道三河岸は再び北町を代理に立てられました」

かつて柳沢吉保の意を受けた北町奉行保田越前守宗易と大黒屋、いや鳶沢一族は死闘を繰り返してきた。そして、幾多の暗闘の後、保田は鳶沢一族の反撃を受けて、町奉行職を失脚した経緯があった。

「笠蔵さんや、三日後の北町呼び出しをどうなさいますな」

次郎兵衛が対策を訊いた。

「三日後のことを考えても益がございますまい。まずは村上熊丸なる手付同心の身辺を探ります」

「まさか内勤にあのような同心がいたとは考えが至りませんでした。すぐに手配いたします」

国次が答えて、笠蔵が頷き、

「お内儀」

と大黒屋の奥を守る女主に言いかけた。

「お腹のやや子はどうですかな」

「えらく元気でこの分ならば男の子かと医師どのと話しております」

「それはうれしい知らせにございますな」

今の鳶沢一族にとって、美雪の腹の赤ん坊が大黒屋の、一族のただ一つの希望であった。


手付同心村上熊丸は、北町奉行所の前に架かる呉服橋を夕六つ半（午後七時頃）時分に渡った。

いつもよりも半刻(はんとき)ばかり遅い退出であった。

紺看板のお仕着せに梵天帯(ぼんてん)、股引(ももひき)の腰に木刀を差し込んで御用箱を担(かつ)いだ小者を伴っただけの姿である。

内勤のために御用聞きなどは従えていない。

黒紋付の羽織の裾(すそ)を、
ぱあっぱあっ
と翻(ひるがえ)しながら、橋を渡り切った主従の前に呉服町の通りが口を開けていた。

そこで村上は小者を先に八丁堀の役宅に戻した。

一人になった村上は、一石橋を渡り、御堀を常盤橋の方向に上がると金座の通用口を叩いた。

どうやら役所の御用で金座の後藤家に使いをするようだ。

大黒屋の荷運び頭の作次郎と四番番頭の磯松に指揮された鳶沢一族の監視の輪は、気長に村上熊丸が金座から出てくるのを待った。

半刻後、常盤橋に向いた表の通用口から入った村上は、本両替町に開けられた南門の潜りを出てきた。

鳶沢一族は再び尾行の態勢に移った。

本両替町を出た村上は微醺を帯びているかのような足取りで、駿河町に入ると室町の通りを横切り、魚河岸の裏手の瀬戸物町へとまっすぐに進んでいく。

役宅のある八丁堀に戻るとすれば、江戸橋を渡ると考えられた。

朝の早い魚河岸一帯は五つ半（午後九時頃）には、人の往来もなく森閑としていた。

村上は魚の匂いが漂い残る、がらんとした魚河岸の中をよろよろとしながらも慣れた様子で日本橋川へと向かって歩を進めていた。

瀬戸物町からさらに安針町へと曲がった。

道の左右には大きな魚籠がうずたかく積んであって、闇がさらに深くなり、腥い臭いがひどくなった。

安針町と本小田原町の辻で村上の足がふいに止まった。

「北町の手付同心村上熊丸と承知で後を尾けるとは、大した野郎どもだな」

闇に向かって村上が言い放った。

声音はしっかりとしていた。

「出てこぬか、姿を見せえ」

村上はさらに誘いかけた。

作次郎と磯松に指揮された一行は、身動きができないでいた。

尾行に夢中で敵の術中に嵌っていた。

村上熊丸を見張る監視の輪は、すっぽりと村上熊丸が仕掛けた罠に落ちていた。

安針町と本小田原町の辻には、敵方が待ち伏せていた。

ほろ酔い機嫌を装いながら、村上は巧妙にも作次郎たちを罠の中へと導いてきたのだ。

作次郎は覚悟を決めて、村上の前に姿を見せた。

着流しの手に六尺ほどの赤樫の棒が抱えられていた。

「物盗りとも思えぬな」

鳶沢一族一番の大力の巨漢を前にしても村上は怯えた風もない。

「覚えがねえな、その面付き」

「そなたもただの手付同心ではないな」

作次郎の反問に村上が薄く笑った。

「同心百二十五人のうち、三廻ばかりが腕利きとは限らねえぜ。手付にも毛色が変わった同心もいるってことよ」

村上が平然と言いのけた。

三廻とは町方同心の花形、隠密廻、定町廻、臨時廻の外廻のことだ。悪党たちとの戦いの最前線に立つ三廻には当然のことながら、奉行所同心の中でも腕利きが配属されていた。

村上の顎が振られた。

辻の闇が動いて、うずたかく積まれた空の魚籠の壁が崩れ落ちてきた。
それを切っ掛けに村上熊丸を尾行していた磯松ら鳶沢一族に襲いかかった一団がいた。
戦いが鳶沢一族と待ち伏せの一団の間で始まっていた。
磯松を除けば若い連中だ。
なんといっても実戦の経験が少なかった。
作次郎は六尺棒を構えて、村上熊丸に突進した。
だが、村上はするすると後退して、崩れ落ちた魚籠の背後へと身を隠した。
いかつい体の割には身軽な動きだった。
作次郎の棒が唸（うな）って村上が隠れた魚籠を払った。
魚籠が宙を飛んだが村上の姿はない。
作次郎はさらに右の籠（かご）を叩き転がし、左の籠を突いた。
だが、どこに消えたか、村上の姿は忽然（こつぜん）といなくなっていた。
「おのれ、作次郎を小馬鹿（こばか）にしおったな」

作次郎はあたりの空籠を次から次と叩き潰した。が、空籠ばかりで手応えはなかった。

作次郎の胸の中は総兵衛らを乗せた大黒丸の危難に燃え滾っていた。

(糞っ、どうしてくれよう)

村上熊丸は作次郎のさらなる憤怒を煽るように挑発していた。

それに老練の作次郎が乗ろうとしていた。

ううっ

という呻き声に作次郎は平静を取り戻した。

「磯松、どこにおる」

作次郎が声をかけると魚籠の向こうから、

「大力の頭、こっちだ」

という声がした。

作次郎は赤樫を構え直すと転がる魚籠を蹴り散らして、その場に駆けつけた。

磯松ら一族の五人の若者が囲まれていた。

駿府から江戸に上がったばかりの奈良平が太股を割られてようやく立ってい

た。

作次郎はいったん手付同心の存在は忘れた。

待ち伏せの一団は忍び装束を着て、面上を口から鼻にかけて黒布で覆い、渋塗りの一文字笠を被っていた。

腰には長短様々な剣を一本差し落としていた。その剣を抜き連れて、磯松ら五人を囲んでいた。

その数、十二、三人だ。

輪の外に作次郎がいた。

「その方ら、北町に雇われた野良犬か、それとも道三河岸の飼い犬か」

作次郎の挑発に無言、無反応を保っていた。

「吼える犬は臆病と決まったものだが、口も利けん忍びもまた臆した犬と見た」

度重なる作次郎の扇動にも乗ることなく、一団が二手に分かれた。

磯松らを囲む集団と作次郎に対峙する四人にだ。

作次郎が小脇に抱えていた赤樫の棒をするすると突きだした。その端に綱が結ばれ、作次郎の手首に結びつけられていた。

作次郎を囲んだ四人がぐるぐると左回りに回りだした。

その瞬間、作次郎の棒が前方に突き放されると手首の綱が捻(ひね)られ、赤樫の棒が生き物のように右へと振られた。

それは無言の集団の想像を絶したもので、左回りに横走りする忍びの顔面を叩き、
げええっ
という叫びとともに次々に二人の顎を砕いた。

三人目と四人目はようようにして赤樫の旋回の外に逃れた。

作次郎の手首が引き戻されると赤樫が小脇に戻り、それが輪の外に逃れた忍びの足へと突きだされた。

鈍い音を立てて三人目の忍びが吹っ飛んだ。

一瞬の裡(うち)に三人が戦列を離れた。

だが、憤怒の形相の作次郎の動きは止まらなかった。

動揺する別の輪に襲いかかった。

すると輪の中にいた磯松らが元気を取り戻した。

形勢は逆転した。

磯松らと作次郎に挟みこまれたのは忍びの集団だ。

ぴいっ

という口笛が魚河岸の辻に鳴り響いた。

突然、辻に崩れ落ちていた空の竹籠が旋風に吹かれたように転がり舞い、作次郎らの目を幻惑した。

「騙(だま)しじゃぞ、魚籠など気にするな」

作次郎の大声が響き、磯松らが四方に剣を立てた。

剣四本が創(つく)りだした聖域に魚籠の狂奔は止(や)んだ。

だが、そのときには忍びの集団も姿を消していた。

「鳶沢一統に告ぐ。そなたらの仮面、北町手付同心村上熊丸がひっぺがす、覚悟して待て！」

この声を最後に魚河岸の辻から殺気が消えた。

作次郎が倒した三人の忍びも消えていた。

「奈良平、怪我はどうか」

「頭、油断しました」

「油断しましたでは済まされぬ。明日からちと稽古を厳しゅうする、腹を据えて道場に出て参れ」

作次郎の言葉に磯松らが無言の裡に頷いた。

怪我をした奈良平の肩を二人の同輩が抱えて、静かに富沢町へと引きあげることになった。

第二章　撤　退

一

富沢町の大黒屋の地下では夜明け前から緊張の稽古が続けられていた。

鳶沢一族の精神的な支柱を失った今、この一族の稽古の面倒を見るのは、二番番頭で小太刀の名手の国次と大力の荷運び頭、作次郎の二人だ。また探索方の秀三、さらには鳶沢村からの応援の重次郎、又兵衛が加わり、若い一族の者たちの稽古に檄を飛ばしていた。

「大和、踏み込みが甘い！　それでは相手にかすりもしないぞ」

「脇を締めよ！」

奈良平が敵方に股を斬られているだけに、だれもが気を抜くことのない実戦さながらの猛稽古が繰り返された。

朝から一刻半（三時間）ほど続いた休みなしの稽古の気配は美雪の寝所まで伝わってきた。

美雪はすでに床を離れ、身支度を整えた後に仏間に入っていた。

灯明を点し、線香を手向けて先祖の位牌に総兵衛ら、大黒丸に乗り組んだ一族の者の無事をひたすら祈った。

朝の勤めが終わる刻限、大番頭の笠蔵がご機嫌伺いに顔を出す。すると分家の次郎兵衛も姿を見せて、茶を喫しながらその日の商いを確認し合う。

地下での稽古が終わったか、その気配が消えた。

その直後には大黒屋奉公人に立ち戻った男たちが店の内外の掃除を始めた。

いつもの日課がいつものように始まった。

「おはようございます」

国次が女主の下に挨拶に来た。

「奈良平の傷はいかがです」

「激しい稽古はできませぬが自分なりに工夫して木刀を振っておりました。その程度の傷にございます」

笠蔵の問いに国次が答え、

「本日は総兵衛様呼び出しの期限日にございますが、いかが致しましょうか」

と一座に訊いた。

「田舎爺が出る幕ではあるまいが、私が参ろうと思う」

と予ねてから考えていたことか、分家の次郎兵衛が総兵衛の代理を務めると言いだした。

「それはいかがかと」

「国次、力不足は承知です。ですが、北町奉行の呼び出しも無視できますまい。ともかく上方所用が遅くなっておると、この白髪頭を奉行の前で擦りつけるしか手はあるまい」

「次郎兵衛様、私も分家が出られるのはどうかと思います。これはだれが代役でも先方が納得しないのは分かっておることです。それよりも分家の正体が知られ、駿府の鳶沢村に敵方の目が向けられるのは避けとうございますでな」

笠蔵も反対した。

「ならばどうなさる」

「私が今一度お頼みして参ります」

笠蔵が奉行所留め置きを覚悟した表情で言いだした。

「次郎兵衛様が鳶沢村の束ねなら、富沢町の要は笠蔵さんです。大番頭さんを失うのはよくありませぬ」

と美雪が反対した。

「他に手立てもございませぬ」

笠蔵が切羽詰まった顔で言った。

「いえ、大番頭さん、総兵衛への呼び出しが適わぬときは、女房が代理を務める、当然のことにございましょう」

美雪がさらりと切りだした。

「お内儀、それはなりませぬ。ここで美雪様に万が一のことがあれば、われら一族、お内儀様と後継を失くすことになります」

国次の声は上ずっていた。

「二番番頭さん、臨月間近の女の私が北町に出向くのです。いくらお奉行様とて無体なことはなさりますまい。それよりなにより総兵衛呼び出しに応ぜずと言いがかりを付けられ、富沢町のお店に北町の手の者を入れることになってはなりませぬ」

「お内儀様」

国次が叫び、次郎兵衛が、

「爺様ではお役に立たぬか」

と嘆いた。

「私は呼び出しの使いが参られたときからその決心でございました」

と美雪が決然と言い切った。

しばし沈黙して考えていた笠蔵が、

「呼び出しを避けるにはもはやお内儀様にご足労願うしかないか」

「大番頭さん、美雪様にもしものことがあればどうなさいます」

「われら一族、最後の戦いを北町奉行所に仕掛けましょうぞ」

悲壮な覚悟で笠蔵が言いだした。

「大番頭さん、勘違いをなさるな」

美雪がぴしりと言った。

「私は北町にこの身を差し出しにいくのではありませぬ。大黒屋の存続を願って出向くのです」

「そのお心を北町奉行が察してくれましょうか」

「誠心誠意訴えてみましょう。もし駄目なれば、われらはいったん商いから撤退することも考えねばなりますまい」

「このお店を明け渡せば、一族の復活はあり得ませぬ」

笠蔵が悲痛な声を上げた。

「店を明け渡すのではありませぬ。ただ商いを一時停めるだけです。この屋敷と店を守るためです」

美雪は大黒屋の商いを一時的に止めて、逆風を避けようと考えていた。

「そのためにもなんとしても手付同心どのの呼び出しには応じなければなりませぬ」

「ならば私も同道いたしますぞ」

身を挺して美雪を守ろうと笠蔵が声を張りあげた。

「なりませぬ、ちと私に考えがございます」

「して考えとは」

次郎兵衛が訊いた。

美雪がにっこりと笑った。


八つ（午後二時頃）の刻限、大黒屋の美雪を乗せた駕籠が出た。

その駕籠の一行を見送る笠蔵ら大黒屋奉公人たちは複雑な表情だった。駕籠の担ぎ手も女ならば、付き添いも女だった。なんと古着屋江川屋の女主人の崇子が付き添いだった。

「崇子様、よろしゅうお願い申します」

笠蔵が江川屋の崇子に声をかけた。

「大番頭さん、美雪様は私がなんとしても富沢町にお連れ戻しますよ」

崇子が女主人の貫禄で請け合った。

崇子は京の中納言坊城公積の次女で、京で修業していたじゅらく屋の松太郎と知り合い、身籠(みごも)った。だが、松太郎は公卿(くげ)の息女を懐妊させたというので慌(あわ)てて江戸に逃げ帰り、崇子はその後を追って江戸に出てきたのだ。

その経緯を知った総兵衛が江川屋を継いだ松太郎と崇子の間を改めて取り持ち、世帯を持たせようとした。

江戸に残る決心をした崇子は、大黒屋の小梅村の寮で松太郎との子を産んでいた。

一子誕生に際して、佐総(すけふさ)と名付けたのも総兵衛だった。

そんな関わりから崇子は総兵衛に全幅の信頼を寄せ、総兵衛もまた、松太郎が死んだあとも崇子が富沢町で生きていけるように江川屋の商いを陰になり、日向(ひなた)になりして支えてきた。

美雪は北町呼び出しの危難に崇子の力を借りようと相談した。すると崇子は二つ返事で、

「大黒屋様のお為(ため)になることなら」

と付き添いを引き受けてくれた。

富沢町を出た女駕籠は、日本橋川に出ると江戸橋で向こう岸に渡り、御堀端

呉服橋にある北町奉行所の門前に到着した。

そこで大きなお腹を抱えた美雪は駕籠を降りた。

付き添いの祟子が門番に、

「手付同心村上熊丸様にご面会をお願い申します」

と願った。

「約定あってのことか」

「はい。大黒屋総兵衛家内美雪、お呼び出しにより参上いたしましてございます」

門番が祟子の凛とした口上と貫禄に気圧されるようにして、沈黙したままの美雪の大きな腹をちらりと見た。

「待て」

門前でしばらく待たされた後、若い手付同心が姿を見せて、

「大黒屋内儀だけ通れ」

と命じた。

「お役人どの、見てのとおり、大黒屋美雪臨月間近でございますれば、いつ破

水するやもしれませぬ。そのために私めが付き添っていくことをお許しくださ
れ」

若い同心が困惑する間に、

「ささっ、美雪様」

と崇子が先導するように北町奉行所の内玄関へと向かった。

その後を慌てた同心が追った。

二人は北町奉行所の用部屋に通された。

「暫時待て」

二人は長いこと待たされた。だが、二人して慌てる様子もなく端然とした態
度で待った。

美雪は女武芸者として諸国を回わり、真剣勝負を重ねてきた経験を積んでい
た。

崇子は京の公卿の娘として、成り上がりの、

「東国侍」

など屁とも思わぬ環境と考えの中で育ったのだ。

半刻、一刻と時が過ぎ、日が翳り始めた用部屋の外にようやく足音がした。

夕暮れの光が北町奉行所に訪れていた。

美雪と崇子が頭を下げる中に二人の男が入ってきた。

「大黒屋内儀となへ、それがしは主の総兵衛を呼びだした。心得違いを致すでない」

「村上様、心得違いではございませぬ。総兵衛、上方の所用に思わぬ日時がかかっておりますようで申し訳ないことにございます。そこで内儀の私が代参いたしました。御用を承りとうございます」

「女のそなたが北町の呼び出しの代理を務めるというか」

村上とは別の武家が美雪を睨んだ。

「失礼ではございますが、どなた様にございましょうか」

「北町奉行松野助義様内与力高藤弘作である」

「これは失礼を致しました」

と軽く詫びた美雪が、

「高藤様、御用の向きはなんでございますか」

高藤はしばしどうしたものかという顔で迷った。そして、崇子に、

「付き添い女、用部屋から去れ」

と退去を命じた。

「内与力様、お言葉ではございますが、美雪様はご覧になってのとおりの臨月にございます。どうか、この場に付き添わせてくださいませ」

「ならぬ！」

と村上熊丸が崇子の願いを一喝した。

「お待ちくだされ」

と言いだしたのは美雪だ。

「古着商江川屋の女主崇子様はただの付き添いではございませぬ。大黒屋にとっては家族同様なお方にございます」

「古着屋の女主がなにほどのものか。去ね去ね！」

村上がさらに叱咤した。

「いえ、崇子様はただの女子衆ではございませぬ。百十三代今上天皇ご近臣、中納言坊城公積様のご息女にして、朝廷勅使として徳川幕府としばしば折衝な

される前大納言柳原資廉様は叔父に当たられるお方にございます。そのお方を犬猫のように追われますか」

「なにっ！」

高藤と村上が驚きの顔を見合わせた。

「虚言を申すとためにならぬぞ」

　それでも村上が言った。

「虚言を申しても直ぐに分かりましょう。そのような嘘は大黒屋総兵衛の内儀美雪、毛頭申しませぬ。お疑いあらば、お奉行の松野様を通して、高家肝煎にお伺いをお立てになされませ」

「うっ」

　と村上が喉に言葉を詰まらせた。

「崇子様、同席のこと、よろしゅうございますな」

美雪が厳然と言い、村上と高藤の顔を直視した。

「致し方なし」

美雪の貫禄に圧倒されたように高藤が頷いた。

「ならば御用をお伺いいたしましょう。もはや奉行所に入って一刻（四時間）が過ぎようとしております」

高藤が平静を取り戻すようにしばし瞑目した後、

「富沢町大黒屋総兵衛、長期にわたり不在なりし事、古着組合に差し支えありとの訴えが出ておる。その方ら、総兵衛は上方へ所用と申すが、しかとさようか」

「事実にございます」

美雪が明白に言い切った。すると崇子が、

「過日、京の実家より書状が届きましたが、その中に総兵衛様と久しぶりに再会いたし、楽しい時を過ごしたと父も叔父も書いて参りました。総兵衛様、上方に滞在されるは確かなことにございます」

と声を揃え、

「私も富沢町の古着屋の主にございますが、そのような訴えがあったとはついぞ存じませぬ。古着組合の差し支えとはいかなるものにございましょうな」

と念を押した。

「それは申せぬ」

「富沢町でなんぞ支障を来す出来事があるとはこの私、承知しておりませぬ。奉行所の監督お確かなれば、古着組合の差し支えなどなんのことがありましょうや」

崇子の言葉に高藤も村上も舌鋒（ぜっぽう）が鈍っていた。いや、崇子の存在をどう扱っていいか、二人の考えの及ばぬところであった。

徳川幕府にとって朝廷との関係は、

「即（つ）かず離れず」

微妙なものであった。

朝廷の近臣を父と叔父に持つ女が大黒屋の内儀の付き添いとは、二人して夢想もしていなかった。

これが事実ならば、北町奉行とて粗略な扱いはできなかった。

村上熊丸が、

「どうしたもので」

という表情で高藤弘作を見た。

「大黒屋、とは申せ、総兵衛のさらなる不在は富沢町にとってよいことではない。奉行所としても見逃せぬことでもある」

「恐縮にございます」

と頭を下げた美雪が、

「上方に使いを立てて、総兵衛の帰宅を促しますので、暫時お時間をくださりませ」

と応じると、

「崇子様、御用は済んだ様子にございます。では、これにて御免蒙りましょうかな」

「そう致しましょうな」

と答えた崇子が、

「京の貧乏の公卿の屋敷でも一刻も御用に呼べば、渋茶の一杯も出ます。江戸の町奉行所というところは、ほんに気がきかぬところにございますな」

と嫌味を言い残すと美雪の体を支えて立ちあがった。

美雪の一行が富沢町に戻ってきたとき、笠蔵らが店先まで出迎えた。

「お内儀、ようこそ無事でお戻りになられました」

「崇子様にはご苦労にございました」

二人の女たちが奥座敷に上がった刻限、美雪の一行を影警護していた作次郎らが密か(ひそ)に地下の武器蔵に戻ってきて武装を解き、何気ない顔で店の御用に戻っていった。

一方、奥座敷では美雪と崇子を迎えて、夕餉(ゆうげ)の支度が用意され、

「今日ばかりはお二人に助けられました」

と笠蔵が礼を述べた。

すると美雪が、

「私はただ大きなお腹を抱えて座っていただけにございます。崇子様の貫禄に内与力の高藤弘作様と手付同心村上どのが臆(おく)されたのが真相ですよ」

「美雪様、笠蔵さん、京の公卿は貧乏(すかんぴん)です。それが何百年も生き残ってきたのは帝(みかど)を中心に公卿衆がない知恵を絞って結束してきたからにございます。ないものは使えぬ道理、その代わり、あるものなれば名も官位も大いに利用しま

す。それにお二人は驚かれただけにございますよ」

「さすがは中納言様のご息女、腹がすわっておられますな」

笠蔵が感心し、そこへ酒が運ばれてきた。

「お内儀、崇子様、今日はお二人が正客様、酌はこの笠蔵が相務めます」

と熱燗の酒を二人の猪口に注いだ。

それをぐいっと飲み干した崇子が、

「ひと仕事の後の一杯はなかなか美味しゅうございます」

と嫣然と笑ったものだ。

二

その日の昼下がり、上方から借り切った弁才船が入った。京、大坂で取引する問屋から仕入れた古着を積んだ船である。

大黒屋ではちょうど荷薄になっていた折、荷運び頭作次郎の号令一下直ちに荷下ろしが始まった。

佃島沖に停泊した帆船の両舷に荷足り船が取りつき、揚げ板を剥いだ船倉に満載された菰包みの荷を次から次へと積みこみ、喫水ぎりぎりまで荷を積んだ荷足り船が巧みな船頭の櫓捌きで大川河口へと競うように走りだす光景はなかなか壮観なものだった。

「風はねえがよ、荷を山積みにするんじゃねえぜ、折角の品を水につけちゃあ、弁才船の船頭衆に申し訳あるまいぜ」

作次郎が大声を張りあげて注意した。

それでも蟬の抜け殻に集まる蟻さながらに弁才船に荷足り船が横付けされて、荷を積みこんでいく。それは日没になっても続けられようとした。

弁才船に乗りこんで指揮する作次郎は、

「これが最後の荷積みだ。残りは明朝夜明けとともに再開する！」

と声を嗄らして、仕事の中断を命じた。

荷下ろしは大黒屋所蔵の荷足り船と借り上げ船が混じって行われていた。

荷を積んできた弁才船は、胴ノ間、アカノ間、三ノ間に古着が満載され、揚げ板の上にも積まれていたから、二万七千貫以上（約一〇〇トン）もの古着を積んできていた。だから、いくら頑張ったところで半日や一日では済まなかった。

最後の荷足り船が弁才船の右舷を離れた。

船頭は作次郎支配下の丹五郎だ。

丹五郎は一族の者ではないが、兄の虎三が大黒屋で働いていた縁で務めていた。虎三が不慮の死を遂げた後のことだ。

「丹五郎、気をつけていけ」

「頭、合点だ」

荷足り船には駿府から次郎兵衛に従ってきた大和が同乗していた。

「作次郎さん、お先に帰りますよ」

大和が手を振って夕闇に溶けこむように消えた。

弁才船に最後まで残ったのは作次郎と、これも駿府から応援に出てきた又兵衛、それに数人の者たちだ。

「頭、弁才船にはだれ一人近寄らせないぜ」

と又兵衛が徹夜で見張ることを誓った。

「頼もう、又兵衛どん」

と老練な戦士に後を託すと作次郎は慣れた動きで左舷に舫われていた伝馬へと飛び移った。

「頭、気をつけて帰りなされ」

又兵衛らに見送られた作次郎は櫓を巧みに操ると佃島沖から大川河口へと進んだ。

海上から西の方角を望むと茜色に染まった千代田のお城が見えた。それが見る見ると濁った赤紫色へと変わり、さらに光が弱まっていくのが分かった。

薄闇が訪れた。

凪はない。

大力の作次郎が腰を使って大きく櫓を振ると伝馬はぐいぐいと大川河口へと接近し、海から川へと入っていった。

(今頃、総兵衛様はどうしていなさるか)

作次郎には総兵衛が死んだ、亡くなったという実感はさらさらなかった。

あの総兵衛様のことだ、異郷の港に半壊した大黒丸を率いて入っていく姿が脳裏に浮かんだ。

「総兵衛様よ！」

作次郎は大声を上げて叫んだ。

だが、どこからも返答は戻ってこなかった。

永代橋を潜ると左手に大名家の中屋敷や下屋敷が並ぶ新地に闇が続いていた。

作次郎は明かりも点けずに新地と中洲の間に伝馬を入れ、入堀の奥へとぐいぐい進めた。

入堀の河口に架かる川口橋を潜ると、伝馬に当たる水の流れが急に軽くなった。

その分、伝馬は大黒屋の船着場のある栄橋へと船足を上げた。

栄橋界隈にはまだ提灯の明かりが煌々と点され、荷足り船から大黒屋の蔵への荷運びが行われていた。

「荷下ろしはどんな具合かよ」

作次郎の野太い声に大番頭の笠蔵が、

「頭、ご苦労さん、大体は終わりましたよ」

と応じて、

「菰包みをいくつか開けてみたが、上物の春着から夏物が混じってな、明日から直ぐにも捌けましょうぞ」

と答えを返してきた。

「それはなによりでございますよ」

「弁才船からの荷下ろしは三割がたですかな」

「まあ、そんなところにございましょうな。明日目一杯働いて終わるかどうか」

「頭、荷船を増やしましょうぞ。明日一日で荷下ろしを終えてくだされ」

「承知しました」

伝馬が船着場の端に舫われ、作次郎も加わって最後の荷が蔵へと運びこまれた。

雇いの荷足り船が次々に、

「また明日」

「ご苦労さんでした。明日もお願いしますよ」

と言い交わしながら入堀の栄橋から姿を消した。

船着場の掃除をするのはもはや大黒屋の奉公人だけだ。

作次郎は船着場の一角に立ち、大黒屋所蔵の荷船を点検した。

明日はまた夜明けから佃島との間を往来するのだ、不具合があってはそれだけ荷下ろしが遅くなり、商いにも差し支える。

作次郎の動きが止まった。

何度か船の数を数え直して、

「おかしい」

と呟（つぶや）き、船着場から河岸（かし）、さらには店の前の掃除をする奉公人を確かめていく。そして、大声で呼んだ。

「丹五郎、大和、いたら顔を出せ！」

作次郎の叫び声に国次が作次郎のそばにきた。

「頭、どうなされた」

「番頭さん、丹五郎と大和の船を見かけたか」

「なんですって！」

国次は作次郎の問いに店前を見まわした。

「番頭さん、弁才船から最後に荷積みを終えたのは、丹五郎と大和が乗る荷船だ。おれは二人を見送ってしばらくして佃島沖を離れたのだ」

「となれば、頭の前に戻ってなければなりませんな」

国次が足早に店に戻ると笠蔵にそのことを報告し、仕事を終えていた手代や人足たちに二人を最後に見かけたのはいつかと訊いて回った。

「最後に二人を見たのは弁才船でしたぜ」

と晴太が答えた。

作次郎の下に笠蔵と国次が寄ってきた。

すでに猪牙舟二隻に出立の準備を命じていた作次郎が、

「船が転覆するような風も波もない日和です。なんぞあれば、その後を辿ったわっしが気づく。だが、異変はどこにも感じなかった」

「おかしゅうございますな」

と答える笠蔵の声は険しかった。

「頭、弁才船に戻ってくだされ。私は店の内外の警戒に当たります」

笠蔵が命じた。

作次郎は一族の者だけを選んで、猪牙舟二隻に同乗させた。すでに船底の筵の下には得物が積みこまれていた。

「気を付けてな、頭」

笠蔵の言葉に送られて猪牙舟は栄橋から大川を目指す。

二隻の猪牙舟には八人の者たちが分乗し、二隻はまず舳先を並べ、船縁を寄せて進んだ。

「聞け」

作次郎の押し殺した声に一族の者たちが注視した。

「丹五郎と大和の乗った荷船が河口に入るのを弁才船から見送って、かれこれ半刻以上も過ぎておる。道中、異変が起きたとしたら、船の転覆がまず一つ、となれば河口付近から入堀に入るまでの間だ。だが、その後を辿ってきたおれはなにも異変を感じ取れなかった」

荷船が転覆したとしても丹五郎も大和も泳ぎは達者だ、それに荷船や菰包みの荷が流れていれば、作次郎が気づくはずだった。

「今ひとつ、総兵衛様方の行方知れずの事件を感じとった道三河岸の襲撃を受けたことが考えられる。となれば大川の右岸から入堀に入る中洲、葦の生える一帯であろう」

と考えを披瀝した作次郎は両岸を確かめた。すでに視界の先に川口橋が、大川が見えていた。

「明かりを点せ」

と命じた作次郎は、

「まず大川本流に入る前の中洲の葦原を探す」

と捜索方針を告げた。

「承知しました」

作次郎とは別の猪牙舟に乗る四番番頭の磯松が答えた。

二隻の猪牙舟が離れて、舟足を上げた。

川口橋を潜ると二隻の猪牙舟は中洲を分流沿いに右回りに捜索していくことにした。

永代橋から新大橋の間の大川右岸には大きな中洲が広がっていたのだ。

二隻の猪牙舟は船縁から明かりを突きだすようにして、葦が茂る中洲を探っていった。

中洲はいくつもの島に分かれていた。その間に狭くうねった水路が迷路のように続いていた。

作次郎と磯松の猪牙舟は分かれて、水路の間を探っていく。

中洲の捜索を始めて半刻、作次郎の耳に、

「頭！」

と叫ぶ磯松の切迫した声が届いた。

作次郎の猪牙舟の北側の葦原からだ。すぐに猪牙舟の方向が転じられて、声がした方へと向かった。

迷路のような水路の先にちらちらと提灯の明かりが見えた。

「番頭さん、なにか見つかったか」

作次郎の問いに磯松から返事はなかった。

その背は衝撃を受けたことを感じさせて微動もしなかった。

猪牙舟の陰に荷船と菰包みが見えた。

作次郎は自分が乗る猪牙舟から磯松の猪牙舟へと水上を飛び移った。

作次郎の巨体が床に着いて猪牙舟が揺れ、船頭が竿（さお）で制御した。

作次郎の目に飛びこんできたものがあった。

「なんと」

丹五郎と大和の二人が、菰包みに達する刀で串刺しにされて死んでいた。苦悶（くもん）と恐怖の顔の口から血が流れてまだ乾き切っていなかった。

作次郎は荷足り船に移ると丹五郎と大和の体を調べた。手足にも体にも無数の刀傷と槍傷（やりきず）があった。

大勢の人間に不意打ちを食らったようだ。

顔に手を当てた。まだ温（ぬく）もりが残っていた。

「糞（くそ）っ」

と吐き捨てた作次郎は、まず丹五郎の胸に刺さった刀を抜き取ると、崩れ落ちそうになる体を軽々と支えて、猪牙舟に移した。ようやく気を取り直した磯松らが受け取り、猪牙舟の船底に寝かせた。

作次郎は次に大和の体を同じように猪牙舟に移すと、荷足り船を調べて回った。だが、襲撃者の手がかりになるようなものは、串刺しにした二本の抜き身以外なかった。

「番頭さん、荷足り船を引いてきてくんな」

胸の底から湧き起こる憤怒の情を押し殺そうとする作次郎の声は乾いていた。

道三河岸との戦いに幾度このような悲劇に見舞われ、何十人の一族の者たちを見送ったか。

だが、こたびは一族外の丹五郎も犠牲になっていた。

二隻の猪牙舟は、ゆっくりと悲劇の場を離れた。

二人の遺体を乗せた猪牙舟は栄橋下の隠し水路から鳶沢一族の江戸屋敷ともいうべき地下の船着場に入った。すぐに店へと知らせが走り、笠蔵、次郎兵衛、国次が地下へと走りこんできた。

「なんということが」

亡骸を見た次郎兵衛が絶句した。

作次郎が目撃した模様を三人の幹部に告げた。

「いよいよ道三河岸が牙をむいてきたか」

笠蔵が呻くように言った。

地下の船着場に線香の匂いがした。

笠蔵が振りむくと手に線香の束を持った美雪が姿を見せて、船着場に横たえられた二人の亡骸に手向け、合掌した。

笠蔵たちも美雪に見習い、冷たくなって帰還した二人の若者の亡骸に瞑目した。

長い沈黙と合掌の後、美雪がゆっくりと立ちあがった。

「笠蔵さん、丹五郎は一族の外の者でしたねえ」

「さようにございます」

「事情を家族に説明しなければなりますまいが、私が出向きますか」

と女主自身が動くかと訊いた。

「お内儀、大黒屋には年を食った古狸が一人控えております。この場はこの笠蔵にお任せください」

「ならばお任せいたしましょう。命はなにものにも代えがたいものです。なにとぞ丹五郎の一家には手厚い手当てをお願い申します」

「承知しました」

二人の亡骸が一族の者の手によって洗い清められ、真新しい浴衣が着せられた後、大黒屋の店に運びあげられた。

美雪は仏間に籠った。

(総兵衛様、美雪はなにをなすべきか、お教えくだされ)

主不在の富沢町と鳶沢一族に大いなる危難が襲いかかっていた。

だが、それも序幕、これからが本格的な襲撃、ありとあらゆる手立てを使い、大黒屋の取り潰しが行われるはずだった。

なにしろ道三河岸の主は、五代将軍綱吉の寵臣、大老格の柳沢吉保なのだ。その権力は三百諸侯が束になっても敵わないほど巨大であった。

瞑目して二人の若者の魂の安寧を願う美雪の心の内に総兵衛の声が響いた。

(美雪、そなたは今や鳶沢一族の女頭領ぞ、うろたえるでない。堂々と落ちついておれ)

脳裏にいつもどおりの総兵衛が立っていた。

(総兵衛様、それでよろしいので)

(おおっ、それでよいそれでよい。そなたが今なすべきは総兵衛との間に宿っ

たやや子を元気に産むことよ）

（はい、それは存じておりますが……）

（それ以上のなにがある。人は生き、人は死ぬ。これは天の理よ）

（総兵衛様もお亡くなりになられたのでございますか）

（そればかりはおれには答えられぬ。美雪、そなたの胸に問え）

（私に、でございますか）

（そなたが導きだした答えがおれの生き死によ）

（総兵衛様は必ずや生きて富沢町にお戻りになられます。これまで数々の危難を乗り越えてそうなされたように）

（ならばこたびも生きて戻ろうぞ）

（いつのことにございますか）

笑みを浮かべた総兵衛の姿が段々と美雪の脳裏から消えていった。

美雪は両眼を開いた。

「新たな危難よ、来たらば来たれ」

そう呟いた美雪は、腹のやや子に言いかけた。

「そなたの親父様のお帰りを気長に待ちましょうぞ」

虎三、丹五郎と二人の息子の死が続いたが、母親は丹五郎の死を慫慂と受け止めたという。そして、丹五郎に代わり、次の弟の長八が大黒屋に奉公することがその夜のうちに決まった。

大和と丹五郎の仮の通夜と弔いが内々で行われた。本葬儀は総兵衛らの帰りを待って行うと美雪が宣言したからだ。

二人の死を体験して数刻後には、美雪がどっしりと落ちついたように見受けられた。

美雪は総兵衛の帰還を寸毫も迷うことなく信じていた。

（そうそれが大事なことですぞ）

と笠蔵も美雪に見習い、総兵衛と一族の者たちの生還を固く信じることにした。

だが、大黒屋を見舞う悲劇は丹五郎と大和で幕を下ろしたわけではなかった。

丹五郎と大和の死が始まりであったのだ。

三

大黒屋では丹五郎と大和の死にも拘らず、事件のあった翌日からいつもと変わりなく店を開いた。

それは美雪と笠蔵らが話し合って決めたことだ。

店を閉めたり、店を開けるのが遅れたりすれば道三河岸の思う壺となる。丹五郎と大和の死にいささかも動揺をしていないところを見せるためにも普段どおりの商いが必要だったのだ。

というわけで一族の奉公人らは二人の通夜と弔いで徹夜をしたが、定刻どおりに表戸を開き、掃除を始めた。

富沢町数百軒の古着商の中でも群を抜いて規模の大きな大黒屋は、いくつかの役目があった。

その一は古着問屋としての機能である。

富沢町はもとよりご府内、関八州から奥州路にかけての古着商へ前々からの注文に応じて品が揃えられ、梱包されて、舟運や馬の背で次々に送りだされていくのだ。これには一族外の、通いの奉公人たちが従事していた。

二には卸し店としての役目であった。

大黒屋に直に担ぎ商人、露天商たちが仕入れに訪れた。それは店を開けたと同時に飛びこんできて、流行の柄を選んで仕入れ、飛び出していく。それが一日じゅう絶えることなく続いた。

三には小売店としての大黒屋だ。

下級旗本や御家人の内儀から女中、長屋住まいのおかみさんなどが季節の古着や端切れを買いに訪れ、江戸へ公事などで出てきた男たちなどが田舎土産に袷、綿入れなどを求めにやってきた。

早朝から笠蔵が目を光らせる店先では雑多な客や商人が絶えることなく訪れて、上方から仕入れられた品を選んでいく光景が繰り返される。

宝永期、その扱う品も多彩となり、何度も水を通った木綿地や売れ残った新物の縮緬、浴衣まで多種にわたっていた。

さらに大黒屋には富沢町の惣代格としての役割もあった。

総兵衛が不在の今、大番頭の笠蔵と二番番頭の国次が町役人の相談に追われていた。

悲報は大黒屋が表戸を下ろして、その日の売り上げを精算し、台所の板の間に笠蔵から小僧まで顔を揃えて食事をしている最中に伝えられた。

富沢町の裏長屋に住む担ぎ商いの長治の女房が血相を変えて表戸を叩いたのだ。

長治は一族の者ではない。大黒屋から荷を十数年にわたり仕入れて、それを背に担いで御朱引地外の村々を売り歩いて暮らしを立てていた。

手代の清吉が潜り戸を開けると今にも泣き崩れそうな長治の女房おなつが後ろに男を従えて立っていた。

「おなつさん、どうなされたな」

と努めて平静に顔見知りの女房に話しかけた。

「うちの人が、うちの人が……」

後は言葉にならなかった。

「まずは店の中に入ってくださいな」

清吉はおなつと後ろに立つ男を大黒屋の広々とした土間に入れた。

「おまえ様はどちら様ですか」

清吉はおなつでは話にならないと、従っていた男に話しかけた。

「へえっ、わっしは代々木村の庄屋茂兵衛方の下男の丑松にございますよ。内藤新宿の御用聞き、追分の清五郎親分の命で、おなつさんの長屋にめえりました」

「それで御用の向きは」

清吉の問いに丑松が、

「へえっ、古着商の長治さんが代々木村で殺されましたんで」

「なんということが……」

清吉の戻りの遅いことを不審に感じた国次、磯松の二人の番頭が姿を見せて、話を聞く場に加わった。

「長治さんは温厚な商人ですが、いったいだれにそのような目に」

丑松は首を横に振り、

「わっしは清五郎親分に長治さんのおかみさんと大黒屋の番頭さんをお連れし

ろとだけ命じられましたんで」

と答えると使いを果たした安堵(あんど)からか、ふうっと息を吐(つ)いた。

「うちの名も出されたのですな」

念を押す清吉に丑松はへえっと答えていた。

大番頭の笠蔵がその場に呼ばれた。すると笠蔵に作次郎が従ってきた。二人に事情が告げられ、

「大番頭さん、私が参ります」

磯松が大黒屋の店を仕切る笠蔵に志願した。

「私も一緒しましょう」

と作次郎も名乗りを上げた。

作次郎らの脳裏には丹五郎と大和の悲劇の再燃ということが浮かんでいた。

「磯松、頭、頼みましたぞ」

笠蔵が許しを与え、国次が清吉に、

「おなつさんの駕籠(かご)を雇ってきなされ」

と命じた。するとおなつが、

「長屋には子供が残っております」

と取り乱した中にも子供を案じた。

「おかみさん、その心配はいらないよ。うちの女子衆（おなごし）を長屋にやりますでな」

と笠蔵が請け合った。

おなつを駕籠に乗せた一行が代々木村大正院近くの庄屋茂兵衛の屋敷に到着したのは、四つ（午後十時頃）の頃合だった。

内藤新宿の追分近くで御用を務める清五郎は初老の十手持ちだった。

「おお、お出（い）でなすったか」

と迎えた清五郎におなつが駕籠から転がりでて、

「うちの人はどこにおりますんで」

と叫んだ。清五郎が、

「随分前にご検死は済んでいる、庄屋さんの好意で座敷に安置してあるんだ。おかみさん、まずは確かめてくんな」

と座敷に招じ上げようとした。磯松が、

「大黒屋の番頭、磯松にございますが、おかみさんと一緒してようございますか」

と清五郎に許しを乞(こ)うた。

清五郎が頷(うなず)き、

「おめえさん方には後で聞きてえことがある」

と言った。

おなつと磯松がまず長治に対面した。

長治の枕元(まくらもと)には線香がくゆり、顔には白布が掛けられていた。そして、首筋にも白布が巻かれ、それが血に染まっていた。

清五郎がその白布を剝(は)ぐと無精ひげがまばらに伸びた苦悶(くもん)の顔が現れ、おなつが、

「おまえさんっ、なんでこんなことに」

と長治の体に取り縋(すが)って泣きだした。

清五郎の視線が磯松にいった。

「間違いございません、長治さんにございます」

清五郎が顎(あご)で磯松を座敷から出した。

「おめえさん方、おれがなぜ大黒屋さんの番頭を連れてこいと命じたか分かるか」

「いえ、まったく」

磯松が曖昧に答えた。だが、その念頭には丹五郎と大和の死があった。

「長治さんはいったいだれに殺されたのでございますか」

磯松の問いに清五郎は、

「侍三人だ」

「侍に、でございますか」

磯松は背筋に悪寒の走るのを感じながらも努めて平静に問い質した。

「長治はひと商売を終えて、内藤新宿へと足を向けたのさ。刻限は暮れ六つ(六時頃)前、大正院から福泉寺へ向かう野道で三人に囲まれるように襲われたんだ。そいつを野良帰りの百姓が遠くから見ていた。一瞬のことでまるで影絵芝居を見ているようだったと百姓は言っている」

「物盗りにございますか」

磯松は担ぎ商いの一日の売り上げなど高が知れていることを承知で訊いた。

「懐に二分三朱に銭が何百文か残っていた」

「おそらく今日の売り上げにございましょう」

清五郎が頷き、

「刺し傷は心臓を一突き、首筋にも止めがあった。手馴れた連中の仕業だ」

今度は磯松が頷いた。

「番頭さん、ほんとうに思いつくことはねえかい」

「いえ、それが先ほどから考えておりますがどうにも」

と答えた磯松が、

「親分さんが手前どもをお呼びになったわけというのは、どのようなことで」

と問うた。

「長治の懐にこいつがねじ込んであったのさ」

清五郎はいきなり懐から短冊を突きだして見せた。そこには、

「恨むなら大黒屋を恨め」

と書かれていた。

「なんということで」

「番頭さん、これでも思い当たることはねえか」

「親分さん、大黒屋は富沢町を束ねる古手の商人にございます。正直申して商売敵もございます。ですが、出入りの担ぎ商い、長治さんを殺して仇を討つなんて、迂遠な仕掛けをする相手がおろうとは見当もつきませぬ」

清五郎はしばらく、

じいっ

と磯松の顔を正視していたが、

「番頭さん、おれの疑いが晴れたわけじゃねえ。だが、今晩は勘弁してやろう。長治の亡骸を連れて帰りねえ」

と許しを与えた。

磯松と作次郎は黙ったまま頭を下げた。

長治殺しの翌日には蕨宿で事件が起こった。

大黒屋から仕入れて大宮宿に戻る途中の荷馬が襲われ、草加屋の主の善五郎と手代の三次が殺された。馬方は難を逃れて、浪人者の仕業と証言した。ここ

でもまた善五郎の懐に、

「恨むなら大黒屋を恨め」

と書かれた短冊が突っこまれていた。

さらに北十間川で荷船が襲われて、二人が殺され、その翌々日には、富沢町の小売店、野沢屋が押し込みに入られて、家族と奉公人の小僧の五人が惨殺された。

いずれも大黒屋と関わりの深い人々であった。

富沢町を深閑たる恐怖が支配した。

大黒屋に仕入れに訪れる商人や担ぎ商いたちの姿がめっきりと減った。さらに読売が、

「大黒屋に出入りする商人たちの危難……」

を報じたために端切れ一枚を買いに気軽に訪れていた客たちの姿も見えなくなった。

むろん、

「こんな時こそ、富沢町の商人の気概を見せなくちゃあ」

と古着の仕入れに来る商人もいた。だが、その数は普段の何十分の一もなかった。

大黒屋の店先に閑古鳥が鳴いていた。

小僧たちは手持ち無沙汰に箒を手に何度も店の前の掃除をしていた。

荷運び人足たちは荷船の手入れに時を潰し、

「世の中ががらりと変わったようだぜ」

と嘆いていた。

その夜、美雪は地下の大広間に店の主だった奉公人、いや、一族の者らを呼んだ。

その場には後見人のように分家の長老次郎兵衛が控えていた。呼ばれたのは笠蔵、国次、磯松、作次郎だ。

「道三河岸の仕掛けが功を奏しているようですね」

「まったく日一日と仕入れの客が減って参ります」

笠蔵がうんざりしたように答えた。

「笠蔵さん、店を閉めようかと思います」

美雪の言葉に、呼ばれた笠蔵らが呆然とした。

「お内儀様、それでは道三河岸の思う壺にございますぞ！」

作次郎が反対の声を上げた。

「頭、一族の者たちが襲われるのであれば、なにがしか対応の仕方もございましょう。ですが、大黒屋の品を信じて買い求めになる方々へ危難の刃が向けられているのです。これぱかりは一族の者たちがどう頑張っても手の施しようがございませぬ」

「まったく」

笠蔵が舌打ちするように言った。

「これ以上、一族外の者に犠牲を出してはなりませぬ、血を流してはなりませぬ」

美雪は幾度も考えてきたことを告げた。

しばらく重苦しい沈黙が続いた。

「美雪様、それでは柳沢吉保様に鳶沢一族が白旗を上げることにはなりませぬか」

次郎兵衛が憤怒を抑えた表情で淡々と言った。

「富沢町の惣代を長らく務めてきた大黒屋が表戸を下ろすのです。一見そう見えましょう」

「美雪様、われらが先祖の鳶沢成元様が富沢町を家康様から拝領されたには、表向きは商人として生きることの他にもう一つの使命がございました。陰に回り、隠れ旗本として徳川一族の危難を救うための拠点とせよとの思し召しがございました。商と武は大黒屋、いや、鳶沢一族の両輪にございます。表の貌が消えれば、裏の貌もまた輝きを失いましょう」

「次郎兵衛様、美雪もそのことは重々承知です。ですが、われらが守るべき第一は徳川家と幕府の安泰にございます。ですが、徳川家と幕府を守るためになんの罪もない出入りの人々を危難に晒してよいものでしょうか、無辜の人々の犠牲をこれ以上見過ごすこともできませぬ」

「さてそれは……」

次郎兵衛は返答を詰まらせた。

「お内儀、われらは店の大戸を閉ざして、ただただひっそりと息を殺しているのですか」

作次郎が美雪に念を押した。

美雪の顔に不敵な笑みが浮かんだ。

「私は大黒屋の表看板は当座下ろすと申しましたが、商いを止めると申したわけではありませぬ」

おおっ

というどよめきにも似た声が一座から洩れた。

「商いを完全に停止したのでは一族の意気も消沈しましょう。今すぐとは申しませぬが戦いを支える資金にも差し支えが生じましょう」

「おっしゃる通りにございます」

笠蔵が言った。

「大番頭さん、明神丸はそろそろ上方から戻ってくる頃ではありませぬか」

「はい、数日内にも江戸に姿を見せましょう」

「明神丸はこれまでも奥州路の湊々へ出張って商いを続けて参りましたねえ。富沢町で商いが続けられないのなら、明神丸をそのまま北に向かわせて、積荷をお得意先に卸して回る商いを続けませぬか」

「うっかりとそのことを忘れておりました」

　笠蔵が手で膝を打った。

「大番頭さん、店の蔵には結構な品数が残っておりましょうな」

「かなりの品にございます」

「ならば、明神丸の他にも弁才船を借りあげて、大黒屋にある品を積みこんで売り歩くのです、陸奥、蝦夷、出羽一円の海岸伝いに船商いを続けます」

「おもしろうございますな」

「道三河岸とて陸奥、蝦夷の湊にまで刺客を走らせることは考えてはおりますまい。もし、襲いきたとしても船には一族の者ばかりが乗っておりますゆえ、抵抗はできましょう」

「お内儀様、まったくさようにございます」

　と笠蔵が言い、

「大黒屋は富沢町の表戸を閉じるが、商いの旗印を下ろしたわけではないのですな、お内儀様」

「その通りです」

笠蔵が念を押し、美雪が答えた。

「お内儀様、大黒屋が一時都落ちするとなれば、道三河岸に一泡吹かせていきたいものでございますな」

作次郎がさらに言いだした。

「頭、どうする気じゃあ」

「店仕舞いを通告すれば、最後の荷を仕入れに来られる方もございましょう。道三河岸の雇った刺客たちが襲うように一つ二つ細工をしてはいかがですな」

「一族の者を仕入れに来られた商人のように偽装せよと頭は言うのですな」

「大番頭さん、それですよ。最後っ屁を柳沢吉保様にご進呈して奥州路へ船商いに出ましょうぞ」

作次郎が言った。

「待て待て」

と言いだしたのは次郎兵衛だ。

「二つばかり問題があるぞ。まず第一は臨月の迫った美雪様をどうなさるか、船に乗せるわけにもいくまい」

「私は小梅村の寮に移ろうかと思います」

「当面、それがよろしいでしょうな。お子が生まれるまで私が付き添います」

と笠蔵が言い、

「二つ目の心配とは次郎兵衛様、なんですかな」

と訊いた。

「大戸を下ろしたこの大黒屋のことですよ」

「美雪に腹案がございます、少々仕掛けがございます」

「お内儀様、お聞きしましょうかな」

笠蔵が嬉しそうに言いだした。

四

次の夜から隠し水路を出た何隻もの荷船が佃島沖に停泊させていた借り上げ弁才船二隻に次々に古着を積みこみ始めた。

それが四日ほど続いた。

その間にも店は開かれていたが昼間の客はめっきりと少なくなった。

大黒屋の店仕舞いが通告された日以降、品物を仕入れにきた商人はさらに減った。

そんな中、水戸城下の古着屋常盤屋の老主人十兵衛自らが十三頭の荷馬を引いて仕入れにきたのが目立った。

客の少ない店先で十兵衛が笠蔵を相手に、

「江戸の衆はちと不人情ですな。大黒屋さんが苦しいときこそ、おなじみが応援する、それが商人の情というもんです。水戸の常盤屋十兵衛は、野盗もどきの殺し屋なぞにびくともするもんじゃありません。それが御三家の城下の商人魂です」

としわがれ声で憤り、笠蔵の感涙を誘った。

「常盤屋様、お帰りは重々気をつけられてな」

と送りだす笠蔵に、

「なあに怪しげな賊など出たら、十兵衛が返り討ちにして見せます」

と道中差の柄を叩いて胸を張った。

その常盤屋十兵衛は小伝馬町の旅籠に一晩宿泊して次の朝、水戸へ戻ることになっていた。

明神丸が江戸湾に入った日、大黒屋は店仕舞いした。

そして、その夜には美雪が小梅村の寮に密かに移った。

翌日の夜明け前、明神丸も二隻の借り上げ弁才船も江戸湾から姿を消して、北辺の湊々を回る船商いに出ていった。

その朝、大黒屋がいつもどおりに店開きしたが、店の帳場格子に座っていたのは江川屋の女主の崇子、中納言坊城公積の息女であった。

「おや、江川屋様、こちらに店替わりですかな」

知り合いの担ぎ商いがびっくりして声をかけた。

「いえねえ、大黒屋さんから一時お店をお預かりしただけですよ」

「大黒屋さんはどこぞにいかれましたかな」

「上方に仕入れでございますよ」

「奉公人が揃って仕入れですか」

「なんでもいい品がたくさん出たそうでございます。そのうち富沢町にも新しく仕入れられた品々がどっと出まわりますよ」

担ぎ商いの男は首を傾げながらも、

「大黒屋さんのやられることはいつも破格、こんなこともあろうかな」

と自らを納得させた。

旅の出立には余りにも遅い刻限、小伝馬町の旅籠から十三頭の通し馬に載せられた古着を運ぶ常盤屋十兵衛の一行が出立していった。

五つ半（午前九時頃）の頃合だ。

上方に仕入れにいくという旅姿の大黒屋の笠蔵が旅籠の前まで見送りにやってきた。

常盤屋十兵衛の荷馬には、

「富沢町大黒屋様仕入れの古着」

という差し札が麗々しく立てられて、再び笠蔵を感激させ、人目を引いた。

「笠蔵さん、元気でな、また会いましょうぞ」

「十兵衛様も道中くれぐれも気をつけられて」

一行の先頭には十兵衛自らが立ち、中ほどと後尾に老人と若い手代が従って、馬方三人がそれぞれ四頭から五頭の馬を引いていった。

水戸街道は江戸の日本橋から水戸城下まで三十里（約一二〇キロ）の行程、十七の宿場の設けられた脇往還であった。

御三家の水戸家は定府大名で参勤交代は行わなかったが、

「天下の副将軍」

を任じた水戸光圀の家臣たちは、城下と江戸の間を二泊三日で足繁く往来した。そこで光圀は街道の整備を命じて、松並木などが植えられた。

一行はゆったりとした速さで浅草御蔵前通りから山谷堀を渡り、小塚原縄手から千住大橋を越え、江戸四宿の一つの千住宿で遊女たちの好奇の目に晒されながらも江戸と別れた。

千住宿を過ぎて、江戸川を渡し舟で渡れば下総の国だ。

この渡船場には松戸の関所が置かれ、

「出女入り鉄砲」

の調べが御番衆の手によって厳しく行われていた。

常盤屋十兵衛の荷駄も長い時間かかって調べられたが、積荷は古着である。

御番衆の、

「よし、通れ」

の許しを得て、松戸宿へと向かった。

千住宿から松戸まで三里二十丁（約一四キロ）、小伝馬町の旅籠から数えると五里と六丁（約二〇・七キロ）進んだところで、常盤屋の一行は宿泊することになった。

江戸時代の旅人は七つ（午前四時頃）立ちして十里（約四〇キロ）を歩くことを平均とした。独り旅から大名行列まで大体同じ距離を稼いだものだ。

常盤屋十兵衛の戻り旅の一日目は出立が遅いこともあって、半日分の行程を進んだところで停止した。

翌朝、常盤屋一行は夜明けとともに松戸宿を出た。

次なる小金宿一帯は、その昔、風早郷と呼ばれ、下総の豪族千葉氏の支配した地である。だが、江戸に入り、小金の地には幕府直轄の小金牧が置かれ、馬が放牧されていた。

小金から我孫子宿まで三里（約一二キロ）を行く間に朝を迎えて、十兵衛一行は提灯の明かりを消した。

先頭を行く十兵衛の口から、

「まずはこの小金牧辺りと思うたが」

と言う呟きが漏れた。

常盤屋十兵衛に扮していたのは鳶沢村の長老鳶沢次郎兵衛だ。

そして、中ほどの老爺は又兵衛であり、最後尾の若い衆は怪我が治った奈良平だった。

その十兵衛と肩を並べた又兵衛が、

「次郎兵衛様、出ませぬな」

と声を揃えた。

「これでは大和と丹五郎の敵を討とうにもどうにもならぬぞ」

次郎兵衛も嘆いた。

「まあ、旅は半分も進んでおりませんでな」

「だが、水戸城下に近くなっては、いくら道三河岸の手先とはいえ出ようにも出られまい」

次郎兵衛が柳沢吉保の刺客たちの行動を案じたには理由があった。

綱吉が五代将軍に就位する折、水戸光圀はその後ろ楯になっていた。だが、綱吉の後継を巡り、

「五代将軍には綱吉どのの兄綱重どのがなる予定であった。それを綱吉どのに決めたは格別の理由があったからじゃ。となれば、綱吉どのの後継は綱重どのの子が筋である」

と主張して対立するという経緯があった。

特に綱吉が貞享四年（一六八七）に発令した「生類憐みの令」に対して光圀は苦々しく思っていた。

その光圀が心を許した肥前小城藩主鍋島元武に宛てた手紙に、

「下官（光圀）の事、忍びに在郷へ参り、鳥を狙ひ申し候。公儀へ知れ申し候はば鳥盗人の張本人、籠者（囚人）の第一と笑敷存じ候」

と書き送って、その愚を打ち明けていた。

水戸の老公の心中に思いを馳せた美雪は、笠蔵らと話し合い、水戸城下の得意先の常盤屋十兵衛の名を借りて、綱吉の寵臣柳沢吉保の刺客団を誘き寄せようとしていた。

だが、いくら飛ぶ鳥を落とす勢いの道三河岸の息がかかった刺客団とはいえ、綱吉と反りが合わなくなった水戸様の城下近郊で、

（事件を起こすには差し障りがあろう）

と次郎兵衛は思ったのだ。

「次郎兵衛様、まあ、のんびり行きましょうぞ」

と又兵衛が言い残すと行列の中ほどに戻った。

小金宿を出ると我孫子までの道中、何事もなく進んだ。

一行は我孫子宿で馬を休めて昼餉を取ることになった。

我孫子と取手の間には、

「坂東太郎」

の異名を持つ利根川が待ち受けていた。

元々この利根川、渡良瀬川、荒川とともに江戸湾に注いでいたが、下流域で

毎年のように氾濫を起こす暴れ川であった。

そこで徳川幕府は元和七年（一六二一）以来、膨大な歳月と資金を投じて治水を図った。まず利根川を東に転じるために古河付近で渡良瀬川と合流させ、ここから下流に新たな川を開削したのだ。

この大事業の完成によって、新利根川は江戸湾ではなく銚子の海に注ぐことになったのである。

この開削工事は舟運を発達させる狙いもあった。

大船の舟運が可能になった我孫子から取手、牛久宿にかけて利根川沿いには布佐河岸、小堀河岸など新しい川港が次々に生まれて、物産が集積され、運び出されていった。

常盤屋十兵衛、いや鳶沢次郎兵衛の荷駄の一行は、初春の水戸街道をゆったりと進んだ。

「十兵衛様よ、この足運びだとよ、牛久泊まりかねえ」

馬方が一行の長に大声で訊いた。

すでに牛久沼の湖面は茜色の夕日を映して暮れ泥んでいた。

「牛久宿まで半里もあるか」

「そんな按配だな」

「ならば牛久泊まりだな」

十兵衛が許しを与えたとき、一段と残照が濁って光が弱くなった。すると急に街道を行く旅人の姿も見かけなくなっていた。

「提灯を点せや」

馬方の頭が仲間に命じて、提灯に明かりが入れられた。

六人の手に六つの明かりが提げられ、再び進み始めた。

十三頭の荷馬を引く三人の馬方に次郎兵衛ら三人の鳶沢一族の者たちは黙々と闇に変わろうとする街道に明かりを点して進んでいく。すると沼から冷たい風が吹きつけてきた。

沼に櫓の音が響いた。

二隻の船に分乗した十数人の影たちは一様に黒渋に塗られた一文字笠を被り、その口元を黒布で覆っていた。

二隻は舳先を揃えて、岸辺を走る街道に向けて一気に迫ってきた。

だが、次郎兵衛の一行は異変にも気づかないようすで歩調も変えず、ただ黙々と進んでいく。

二隻が左右に分かれた。

一隻は荷駄の先頭に、もう一隻は後尾に向け直され、舳先が岸辺にぶつかった。すると一隻から六、七人の男たちが岸辺に向かって飛んだ。

「あれっ！」

馬方が驚きの声を上げて、馬が暴れた。

「どうどうどう」

馬がなんとか宥められ、一箇所に集められた。

二隻の船には船頭の他に一つの影だけが残っていた。

荷駄の一行の歩みを止めた刺客の頭分が、

「常盤屋十兵衛、望みにより参上いたした。恨むなら大黒屋を恨め」

と言いかけた。

「待っておった」

明かりを頭分の笠の下の顔を照らすように突きだして、次郎兵衛が平然と応じていた。

「うーむ」

と小さな驚きを洩らした頭分が、

「その方ら、水戸の商人ではないな」

と糾した。

「大黒屋総兵衛様の叔父、次郎兵衛様よ」

「騙しおったか」

「化かし合いはお互いよな」

「斬れ、一人残らず殺せ！」

抑揚のない低い声が命じた。

提灯の明かりがそれぞれに刺客団を照らすように突きだされた。

その明かりに誘われたように刺客団が剣を抜き連れた。

同時に次郎兵衛たちが提灯の明かりを投げだすとその場に伏せた。

街道をはさんで沼とは反対側の草原から弦の音が響き、明かりに照らされた目標に向かって短矢が飛来すると四、五人の胸や腹に突き立った。

「あっ、別動隊がおるぞ！」

頭分以外無言を守ってきた刺客団から悲鳴が上がった。

「しまった！」

さらにもう一度弓弦の音がした。

荷駄の前後を固めた刺客団は、一瞬の裡に半数を失っていた。

刺客団は矢の飛来を恐れて散ったり、その場に身を伏せようとした。

街道に薙刀を構えた大男が飛びあがってきた。

大力の作次郎と小太刀の名手の国次に率いられた鳶沢一族の者たちだ。

常盤屋十兵衛に扮した次郎兵衛の一行に作次郎らはぴたりと付き従っていたのだ。

「おのれ！」

頭分が叫ぶと、

「斬り伏せよ！」

と命じて自ら作次郎に斬りかかっていった。

動揺が隙だらけの攻撃にしていた。

作次郎の薙刀の反りを打った刃先がまるで風車のように旋回して、飛びこんできた頭分の胴を深々と斬り割っていた。

げえぇっ！

恐るべき力を生みださせたものは、憤怒だ。

総兵衛ら一族の者たちが道三河岸の命を受けた南蛮の海賊船の襲撃を受けて南海の海に消えたのだ。その上、その動揺を狙ったように一族の者たちと出入りの商人たちに次から次と、

「死」

が襲いかかっていた。

総兵衛らの不在を衝く道三河岸の攻撃に大黒屋は店仕舞いして、鳶沢一族はいったん江戸を離れねばならなかった。

その憤激が作次郎の薙刀を激しくも突き動かしていた。

「退け！」

船に残った影が命じた。

半数になった刺客たちが岸辺から船へと飛び戻ろうとした。だが、鳶沢一族

の怒りの刃（やいば）の前に二人、三人と倒されて岸辺から後退していく船に飛び移れたのは二、三人ほどであった。

「鳶沢一族め、この次は許さぬ！」

するすると沼の奥へと後退していく船上から腹立たしげな声が響いた。

北町奉行所手付同心村上熊丸の声だ。

牛久沼の岸辺に佇（たたず）む次郎兵衛らからは何の言葉も発せられなかった。

富沢町から大黒屋の名が消えた。

だが、おてつと秀三の小売店のように大黒屋とのつながりを隠した一族の者たちは、江川屋の崇子が留守を務める富沢町の大黒屋をその周辺から密（ひそ）かに見張りつづけていた。

牛久沼の戦いが行われて数日後の夜明け前、小梅村の大黒屋の寮で元気な赤子の声が響きわたった。

男の声だ。

その声を待ち望んでいた次郎兵衛と笠蔵の二人の長老は、

「次郎兵衛様、これで一先ず総兵衛様の世継ぎができましたぞ」

「六代目が元気で戻られれば、鳶沢一族は万々歳なのだが」

と顔を見合わせ、言い合った。

さらに半刻後、二人の長老は赤子を抱く美雪と顔を合わせた。

「美雪様、男子出生、祝着至極にございます」

「お内儀、おめでとうございます。総兵衛様と目元がそっくりにございますな、これにて一族も一安心にございます。これで笠蔵も安心して船商いに出られますぞ」

と祝いの言葉を述べ、

「ありがとうございます」

と美雪が応えていた。その美雪の面上には大役を果たした安堵感が漂い、清々しかった。

「お内儀、赤子にお名を付けねばなりませぬがどうしたもので」

笠蔵がそのことを案じた。

「本来なれば総兵衛様がお決めになることにございます。ですが、今は長の不在にございますれば私が名付けてようございますか」

二人の長老が首肯した。そして、次郎兵衛が、

「いかに」

と催促した。

「幼名、春太郎（はるたろう）としとうございます」

「春太郎様ですか、よい名じゃあ」

次郎兵衛が莞爾（かんじ）として笑い、美雪が、

「成長なされた暁には鳶沢勝成（かつなり）と名を変えまする」

「おおっ、初代成元様の成と親父（おやじ）どのの勝頼（かつより）様の勝を取り、勝成様か」

「幼名、春太郎。長じて鳶沢総兵衛勝成様か。七代目に相応（ふさわ）しき名前にございますぞ」

二人の長老が賛意を示して、ここに七代目の後継が認知された。だが、総兵衛の生死は分からず、わが子が生まれたことを知る由（よし）もなかった。

美雪が七代目総兵衛となる春太郎を産んだ後、江戸の鳶沢一族は表面上はその活動を停止した。

第三章　孤　島

一

（生まれおったか）

総兵衛は胸の中に小さな震えを感じてそう確信した。

（美雪、苦労をかけるがわれらが子を、一族の長を立派に育ててくれよ）

総兵衛は両眼を見開いた。

暑い日差しと強い光がまず目を射た。

潮風が総兵衛の体を心地よくいたぶっていく。

海に突きでた岩場に座す総兵衛は空から視界を転じた。すると濃青色の果てしない大海原が飛びこんできた。

総兵衛らを異郷の海に誘ってきた大海であり、二十七人の命を救ってくれた海でもあった。

はるかに遠い水平線には島影一つ、船影ひとつない。

おだやかな空とたゆたう海が茫漠と広がっているばかりだ。

さらに眼差しを転じた。すると総兵衛が座す岩場の連なりに湾の北側を塞がれた内海のお助け浜が見えた。そこには今見た外海よりも軽やかな青色の水面が広がり、その中央に大黒丸が少し左舷に傾いて座礁していた。

漂着から二月が過ぎようとしていた。

総兵衛も忠太郎ら一族の二十六人も、大黒丸も生きていた。

そして、今、大黒丸が再び大海原に羽ばたけるように修理に没頭していた。

さらに白い砂浜では炊方の彦次が夕餉の支度をする煙が穏やかに上がっていた。

大黒丸の百二十余尺（約三七メートル）の二本の主帆柱のうち、後檣は海賊船の砲撃を受けて倒され、船体の何箇所かが大きく破壊されていた。

イスパニア国のアラゴン人ドン・ロドリゴが船長の大型三檣帆船の海賊船カディス号との海戦に舵(かじ)を壊され、帆柱を倒された大黒丸は、海戦が行われた琉球(りゅうきゅう)の首里沖八十六海里の海からさらに南へ南へと流されていた。漂流を始めて五日目、再び嵐(あらし)に見舞われ、方向すらつかめないでただ流されつづけた。

海戦から二十数日目、穏やかな大海に漂う大黒丸は潮の流れに導かれて、とある島の東側へと吹き寄せられていったのだ。

青い樹木に覆(おお)われた島は南国の孤島を思わせて、海抜二千余尺（約六〇〇メートル）の山が二つ瘤(こぶ)をならべたように聳(そび)えていた。

一本残った前檣の檣楼上から入り江を認めた見張り番の芳次(よしじ)が、

「忠太郎様、大黒丸が停泊できそうな入り江ですぞ」

と歓喜の叫び声を上げたものだ。

大黒丸から伝馬(てんま)が下ろされ、入り江の水深が測られ、南北から岩場が両の腕を差し伸ばしたように囲まれた内海の安全が確かめられた。

主船頭の忠太郎の指揮で満身創痍(そうい)の大黒丸がどうにか湾の安全な場所に碇(いかり)を

下ろしたとき、入り江の発見から一日が優に過ぎていた。

「総兵衛様、いったいどこの島にございましょうな」

大黒丸を停船させてほっとした忠太郎が問いかけた。

「高砂（台湾）よりは南に流されておろう。海南島と呂宋の間辺りの海かのう、二十数日も流されたで思いがけないところへ漂着していよう」

「ともかく大黒丸の修理を終えて、琉球に戻りとうございますな。信之助も心配しておりましょう」

総兵衛は黙って頷き、

「この島がわれらに幸を与えてくれんことを」

と祈るように呟いた。そして、だれいうともなく鳶沢一族を助けた島は幸島と呼ばれるようになった。さらに入り江はお助け浜と名付けられた。

大黒丸から幸島に上陸した一行は、ともかくこの島を大黒丸再生の基地にすることを決めたのだ。

（なんとしても異郷の海を脱出して日本に、江戸に戻る）

そんな気持ちがだれの胸にもあった。

お助け浜に停泊した翌朝から忠太郎の命で、

「島を探検し、清水を見つける組
大黒丸の積荷と破損箇所を調べる組
怪我(けが)した一族の者たちを介護する組」

に組分けされて、行動にかかった。

総兵衛は幸島探検の一行に加わった。

風神の又三郎を頭にした一行には鉄砲、弓、刀剣など武器の携行が命じられていた。

島に人が住んでいるのか、無人なのか分からなかったし、また人が住んでいても外来者に敵対心を持つ人間かも知れなかったからだ。さらに獰猛(どうもう)な動物や猛禽(もうきん)に襲いかかられることも予測された。

島の中央の二瘤の山は駒吉によって、

「双子山」

と勝手に命名された。

大黒丸が漂着したお助け浜は、ほぼ双子山の二つの頂の間、東側に位置していた。

幸島全体を見まわすには双子山に登ることが一番の策だった。だが、事情も分からないままに密林に分け入ることは危険すぎた。そこで又三郎らはまず海岸伝いに北に向かった。

海ぎりぎりまで岩礁が突きだし、見たこともない奇妙な木々が自生していた。

「総兵衛様、大きな葉を丸く広げた木はなんでございましょうな。頭ほどの実がたくさんなっておりますぞ」

綾縄(あやなわ)小僧の駒吉は富沢町にいるときよりも元気に満ちていた。

「あれか、おそらく阿檀(あだん)と呼ばれる木であろう。葉は割(さ)いて帽子や籠(かご)に編むのに使えると聞いたことがある」

「阿檀でございますか」

又三郎らは二刻(とき)（四時間）ほどかけて、幸島の北端まで到達した。北端は高く切れ上がった岩場で海上から二百尺（約六〇メートル）はありそうだ。

そこから眺めると幸島は南北に長く、周囲およそ五、六里（二十数キロ）ほどの大きさと見当をつけられた。だが、北端から西側へと回りこむ道を探し切れずに大黒丸が止まるお助け浜に戻ることにした。

夕暮れ前、一行はお助け浜に戻りついた。

大黒丸の積荷や修理箇所を調べる班に入れられていた梅太郎がお助け浜の岩場に流れこむ細流を見て、その源流を林の中に辿り、浜から三丁（三〇〇メートル余）ほど奥に湧出する泉を発見していた。

細流は大川と名付けられ、泉はこんこん水と呼ばれることになった。

また忠太郎らは、雉に似た野鳥を三羽弓矢で捕ったとかで、炊方見習の竜次郎の手で毛が毟られ、夕餉の菜にされようとしていた。

その夜、総兵衛、忠太郎、又三郎ら幹部が話し合いを持った。

「こんこん水がお助け浜近くに発見されたのは僥倖にございましたな。それから、自然も豊かのように思えます」

忠太郎が総兵衛に言いかけ、

「怪我人ですが、水夫頭の伍助、弁松、勇次の三人が重傷にございまして、回復にはかなりの日数がかかりましょう。伍助の熱が高いのが気になります。軽傷の四人はすでに普段どおりの暮らしができます」

と海戦で傷ついた一族の者たちの怪我の状態をまず報告した。

「海岸に阿檀や椰子の葉を集めて屋根葺きの小屋を作り、風通しのよいところに伍助らを上陸させれば回復も早いと思います」

「よし、明朝から全員でその作業にかかろうぞ」

「承知しました」

総兵衛の賛意に忠太郎が畏まった。

又三郎が口を開いた。

「大黒丸の修理箇所を報告する前に積荷の状態を申し上げます。およそ二割五分の品が海戦の折に流失したり、潮をかぶって売り物にはなりませぬ。ですが、七割五分ほどは無傷にございます」

「さすが船大工の統五郎が丹精込めた大黒丸じゃな、船倉に水が入らずして七割を超える荷をわれらに残してくれたか」

総兵衛は、

「神仏の加護と統五郎の技」

に感謝した。

大黒丸は南蛮帆船の利点と和船のよきところを取りいれて建造された船大工統五郎の苦心の造船だったのだ。

水密性に優れた甲板を張った船倉はいくつかの隔壁によって分かれていた。一つの船倉に水が入っても別の隔壁で防御されて、それ以上水を被らぬように工夫されていた。それがこたびの海戦と嵐にも耐えさせた理由だった。

「大黒丸の修繕箇所の報告は船大工の箕之吉、操船方の新造、帆前方の正吉の三人からさせます」

総兵衛の船室に三人が呼び入れられた。

この三人は大黒丸の建造が総兵衛によって企てられたとき、長崎に派遣されていた。そこで南蛮船や唐人船から造船技術や大型帆船の操船法やら帆の操作を苦労しながらも盗んだり、習ったりしたのだ。

箕之吉が三人を代表して口を開いた。

「総兵衛様、大黒丸の大きな修理箇所は三つにございます。まず第一は舵の損傷と弥帆（補助帆）柱の破損にございます、これにより操船能力と推進力が損なわれております。第二は左舷の舳先部分の大破箇所から海水が浸入しております。船倉と船倉の間の隔壁がなければ沈没したところにございましょう。第三は後櫓の倒壊にございます」

大黒丸にとって最大の傷手が舵の損壊だった。

「大黒丸は推進力と操船能力を失っておるのだな」

「はい、総兵衛様」

「この島で修理が可能か」

「道具はございます、船材もいくらかは積んでおります。ですが、元に復するほどの大修理は無理にございます」

それは総兵衛ら素人目にも不可能な話だった。

新造も正吉も箕之吉の考えに同意した。

「箕之吉、江戸湾を出たときの大黒丸に戻すことは無理にしても、自力で航海できる程度には修理ができぬか」

「まず弥帆柱を修理すれば、残った前櫓とで推進力はなんとか取り戻せましょう。舵は一度外して見なければ、なんとも申しあげられませぬ」

「船腹の破損はどうか」

「こちらは島の木材を伐り出して使えれば、なんとか修理できるかと思えます」

「すべては応急修理じゃのう」

「さようにございます。差し当たっての修理の後に近くの港へ辿りつければ、造船場もございましょう」

「箕之吉、応急修理にどれほどの日数を見ればよい」

箕之吉が新造と正吉と顔を見合わせると答えた。

「三月から四月にございましょうな」

一座の者が溜息をついた。

「総兵衛様よ、一日も早く大黒丸が動けるようにしたいは山々だ。だが、この有様だ」

新造が申し訳なさそうに言いだした。

大黒丸は二千石を超える大船だ。無人島のような入り江で大船の修理を早急にせよというのが土台無理な話であった。それは分かっても事情が事情、つい溜息が出た。

「新造、そなたらを責めておるのではないわ。修理ができるだけ早く終わるように皆で力を合わせようぞ」

「へえっ」

新造が返答し、箕之吉も、

「総兵衛様、一日も早く大黒丸が走れるように私ども精魂を込めて修理いたします」

と新造に口を合わせた。

「忠太郎、食料はどうか」

「大黒丸に積みこんだ食料を食い延ばし、さらに海岸で魚を釣り、山で食べものを探せばなんとか船の修理の日数くらいは持ちましょう」

「よし、ならば明日から島に仮の小屋を建てて、そこへ引き移り、大黒丸の修理にかかろうぞ」

総兵衛の決断に明日からの行動が決まった。

「総兵衛様、この島に人が住んでおるかどうか、調べる要がありませぬか」

又三郎がそのことを気にした。

回れなかった西側に、もし集落があり定住する人々がいれば、どこに流れ着いていて、どこから助けを呼べるか知ることもできる。

「よし、大黒丸からの引越しと一緒に島の探索を行おうか。又三郎、そなたが頭になって島を探査せよ。人数はそうは割けぬ、せいぜい二人か三人までじゃぞ」

「承知仕りました」

又三郎は幸島探査の部下に駒吉と梅太郎を選んだ。

お助け浜近くの岩場を利用して二十七人が住み暮らす仮の小屋が造られ、大黒丸からそちらに全員が引き移った。また一部の積荷は陸揚げされた。

その作業に十日余りが費やされた。

その間に軽傷者の武次郎らはすでに元気を取り戻して作業に加わっていた。重傷者のうち、見習の弁松と勇次は若いだけに回復も早く腕と頭の怪我もほぼ癒え、食欲も出ていた。

だが、胸に砲弾の破片を受けた伍助だけが高熱が続き、未だ予断を許さない状態だった。

又三郎を頭とした幸島の探査隊は、九日余りを費やして海岸づたいに島を一周し、島に定住する人間がいないことを確かめていた。

だが、幸島に時折立ち寄る人間の痕跡、焚き火の跡とか、食い散らした椰子の実、壊れたジャンク船などを海岸で発見した。

又三郎はその報告の中で、

「島の未申（南西）の水平線に陸地のようなものが低く見えますが、それが雲の影なのか陸地なのか判然としません」

と付け加えていた。

「幸島よりも大きいのだな」

「もし陸地なればかなりの大きさと思えます」

「距離はどうか」

「さて海上六、七十海里（一一〇〜一三〇キロ）でしょうか」

「せめてそれが島であれば、応急修理の大黒丸でも辿りつけよう」

幸島が無人と決まった後、又三郎らも船大工の箕之吉の支配下に入り、大黒丸の修理に従事することになった。

まず操船方の新造と箕之吉の指揮で舵が船体から外された。鉄板で補強された舵はなんともなかったが、舵を操作する舵柱が引き千切られていた。そこで大きな舵を支える巨大な支柱を島の中で見つけることが急務になった。

再び又三郎が頭分になって双子山の谷間に広がる原生林に分け入ることになった。

島の奥にはいくらも大木が生えていた。だが、海岸に運びだすことを考えれば、奥の密林から引きだすことは不可能だった。

大黒丸の操船の要の舵の支柱探しは難航した。

総兵衛は、箕之吉が許しを与えるような舵柱用の固木を気長に捜すように又三郎に命じた。

その又三郎らは四度目の捜索行に出ていた。

島に漂着してすでに二か月が過ぎようとしていた。

日に日に伍助の容態が悪化して、急に衰弱が見られた。

胸の傷が化膿して治り難く、そのせいで発熱が続いていた。

伍助は、おかゆのようなものをわずかに啜る日々を二月も続けていたのだ。当然、体力の低下は免れなかった。だが、伍助は生き延びようと必死で食べたくないおかゆも口に入れていた。

総兵衛らの一番の気がかりがこの伍助の容態であった。

岩場に座す総兵衛のところに忠太郎がやってきた。

「今日あたりは又三郎らが戻ってきてもよい頃にございますな」

忠太郎は破損した舵柱になる固木を探しに密林に分け入っている又三郎らの行動を案じた。

「こたびは三日目か、そろそろかのう」

と答えた総兵衛が主船頭に訊いた。

「左舷の舳先部分の修理はどうなっておるか」

「舳先下の破損箇所は船に積んであった部材でなんとか間に合いましてございます、板目には槙肌を丹念に詰めましたゆえ水漏れはございますまい。さらに念を入れて、船腹には柿渋を重ね塗りする作業を致します」

「さすがは箕之吉、手際がよいな」

「これで潮が満ちても船倉に水が入る心配はなくなりました」

「あとは舵と弥帆柱の修繕か」

と応じた総兵衛は話題を転じた。

「忠太郎、伍助の加減はどうか」

主船頭が首を横に振った。

「どうも芳しくございません、時に昏睡して、うわ言を洩らすようになりました」

総兵衛が一番恐れていたことだ。

「なんとしても江戸に連れ戻りたいものだがな」

「この数日、本人の顔から力が抜けて、諦めた表情に変わりましてございます」

「気力を失えば怪我に負ける」

「なんぞよい知らせがあればよいのですが」

「忠太郎、おれに子が生まれた」

「な、なんと、確かなことで」

「生まれよったわ」

「男にございますか、それとも女の子で」

忠太郎は総兵衛の言うことを寸毫も疑う気はなかった。

「男よ」

「美雪様もお元気でございましょうな」

「母子ともに健やかだ。だが、気がかりなことに暗雲が富沢町を覆っているようだ」

「総兵衛様の留守に乗じるは道三河岸にございましょうな」

「細かきことはおれにも掴めぬ。だが、不運が大黒屋を襲っていることは確かなことだ」

「どうしたもので」

「忠太郎、われらは波濤何百海里も離れた孤島に手足をもがれて漂着しているのだぞ。どうすることもできぬわ」

「ここは美雪様や笠蔵さんの踏ん張り時にございますな」

「そう、美雪なればなんとか支えてくれよう」

「われらが一族の七代目が誕生したのでございます。今宵は祝いの夕餉をもうけましょうかな」

「そうせえ、酒も久しぶりに出せ」

「伍助にも喜ばしき知らせをまず話してきましょうかな」

忠太郎が岩場から去った。

総兵衛はかたわらに置いた三池典太光世を手に岩場に立った。

典太を着流しの腰に差し落とし、両の足をわずかに開いた。

鳶沢一族には戦場往来の実戦剣法、祖伝夢想流の剣が伝わっていた。六代目の総兵衛勝頼は、剣術に長けた頭領であった。

総兵衛は実戦剣法に独創を加えた秘剣、

「落花流水剣」

を編みだしていた。

荒々しいまでの実戦剣法とは異なり、花が散る時を知り、流れに落ちた花が流水に流れゆくような、

「時と間」

を考えに入れて創案された剣技であった。

総兵衛は岩場に立って舞にも等しい優雅な剣技を使い始めた。

その様子を駒吉ら一族の者たちが、

「総兵衛様が異郷の海と空に落花流水剣を舞うてござる」

「南海で振るわれる三池典太も悪くないな」

などと言い合った。

一族の心が総兵衛の孤独の舞に慰められ、勇気づけられていた。

二

夕暮れ前、総兵衛は源泉の泉に行き、手ずからこんこん水を壺に汲み上げて伍助の横たわる小屋を訪れた。

伍助は明神丸、大黒丸と船暮らしが長い一族の者であった。痩せ衰えた顔は高熱でかさかさに乾き、唇も荒れていた。無精髭が伸びた頬は落ち窪み、痛々しいほどだ。

両眼を瞑(つむ)って荒い息を吐く水夫頭(かこがしら)に、

「伍助、加減はどうか」

と問いかける総兵衛の言葉に伍助が薄目を開けた。

「総兵衛様かえ」

「おおっ、総兵衛よ」

「駄目だ、もはや伍助にはお迎えがきてやがる」

「追い返せ」

「その力がねえ」

総兵衛は懐(ふところ)から手拭(てぬぐい)を出すと壺のこんこん水をたっぷり濡(ぬ)らして固く絞り、伍助の額に当てた。

「総兵衛様、なんとも気持ちがいいだねえ」

伍助は嬉(うれ)しそうな声を上げた。

「伍助、船暮らしをして何年になる」

「明神丸、大黒丸と乗り暮らして十三年かねえ、炊方(かしきかた)の彦次どんの次に古くなっちまった」

「伍助、おれの後継が生まれた」

「七代目が生まれたと主船頭から聞かされたよ」

「会いとうはないか」

「なんで会いたくねえことがあろうか、この腕に抱きてえよ。だがな、総兵衛様よ、人間、寿命ばかりは致し方ねえ。総兵衛様のお子が生まれた話を冥土のご先祖への土産にしようかねえ」

伍助が弱々しく答えたとき、浜で歓声が上がった。

舵柱になる固木の素材を見つけに密林に入っていた又三郎ら一行がお助け浜に戻ってきたのだ。

この二十日余り、又三郎は幸島の密林のあちこちに入りこみ、舵柱の材料となる固木を探していた。だが、適当な木を見つけても場所が浜から遠かったりと苦労していた。そんな木探しの旅を数日おきに繰り返していたのだ。

「又三郎がなんぞ吉報を持ってきたようだぞ、伍助」

総兵衛が言いかけたが伍助は両目を瞑り、弱々しい息をしていた。

総兵衛と話したことで疲れ切っていた。だが、その顔に不思議な笑みが浮かんできた。満足し切ったような安寧の笑みだ。

「伍助、しっかりせえ」

総兵衛が手を取った。

「総兵衛様よ、おまえ様と美雪様のお子が見たかったよ」

伍助が最後に呟くと、
がくり
と頭を垂れさせた。総兵衛と話したことで最後の力と根が失せたようだ。

「伍助！」

その叫びに周りにいた炊方見習の竜次郎が、

「伍助父つぁんがおかしいよ！」

とお助け浜に響きわたる声を張りあげた。

「なんだと！」

「父つぁん、死ぬでないぞ！」

一族の者たちが浜から小屋へと走り寄ってきた。

夕暮れの光の中に総兵衛の両腕に抱きかかえられた伍助のぐんなりと痩せ衰えた体があった。だが、その顔には神々しいまでの笑みが残っていた。

「伍助！」

総兵衛の悲痛な声に男たちが泣いた。

浜に無常の夕風が吹いていく。

すとんと陽が落ちて、辺りが急に暗くなり、お助け浜の大黒丸が巨大な墓標のように望めた。

「だれぞこんこん水を汲んで参れ。伍助の体を清めて彼岸に送ろうぞ」

水夫頭の伍助の手下だった則次郎、勇次らが桶を手に大川の源流の泉へと走った。

明かりが点されて、異郷の孤島に死んだ水夫頭の伍助の通夜が執り行われることになった。

伍助は裸にされてこんこん水で清められ、白衣が着せられた。

三途の川の渡し賃に小粒金やら銭、それに大黒屋が取引のために密かに大黒丸に積みこんでいた異国の金も持たされた。

線香がくゆらされ、灯明が点された。駒吉らが摘み集めてきた南国の花が飾られ、伍助の補佐方を長いこと務めていた錠吉が枕経を上げ、全員が和した。

通夜は終わった。

小屋に二十六人が揃っていた。

酒が特別に供された。

全員に酒が行き渡ったとき、総兵衛の声が響いた。

「生きる者はすべて死す、生者必滅会者定離は世の習いだ。夕べにわれらが一族の水夫頭伍助を送った。だが、あたら嘆き哀しむこともない、伍助もそれを望むまい。皆の者に総兵衛が約定いたす。残り二十五人の輩、おれが必ずや江戸の海に連れ戻す、富沢町に凱旋いたす」

「おうっ！」

という怒濤の叫びが幸島に轟きわたった。

「その瑞祥が届いた。おれの子が、六代目鳶沢総兵衛勝頼の子が朝に生まれた」

「な、なんと総兵衛様のお子が誕生なされましたか」

風神の又三郎が驚きの声で問うた。

「風神、七代目だ」

「男の子でございますか」

「美雪め、でかしおったわ。男よ」

「鳶沢総兵衛勝頼様、おめでとうございます」

主船頭の忠太郎が一同を代表して祝いの言葉を述べ、残りの一族が、

「大黒屋もこれにて万々歳にございますぞ」

と続けた。

「伍助、先祖に七代目誕生のこと、報告せえよ」

総兵衛の言葉で一同が盃(さかずき)の酒を干した。

哀しみのうちにも二十六人の男たちの胸に小さな希望の灯火(ともしび)が生まれていた。

伍助の通夜と七代目誕生の祝いが重なり、男たちは複雑な思いのうちに酒を酌(く)み交わした。

「又三郎、舵柱になる固木を見つけたか」

「南端の岬近くの密林で名は分かりませぬが、斧の刃すらなかなか寄せつけぬ大木を見つけました。その枝を切り取り、持ち帰りましたが箕之吉がこれならば大丈夫であろうと申します。明日にも箕之吉を伴い、その場に戻ろうかと考えております」

「南端の岬か」

「浜までは一丁半ほどの密林に入ったところにございます。浜まで担ぎだせば、あとは筏に組んでお助け浜まで運んでこれましょう。固いゆえに伐採に時間がかかるのと、運びだす作業がちと難儀かと思います。それに近くに獣の棲処があるようで、時折威嚇するような唸り声が聞こえます」

「よし、又三郎、おれも見に参る。箕之吉がよしと申すなら一気に伐り出してお助け浜まで運んでこようぞ」

「はっ、ご案内申します」

久しぶりに一族の男たちは酒に酔い、伍助の思い出話を語り合って時を過ごした。

翌早朝、遺髪と爪を切り取られた伍助の亡骸は、お助け浜近くの大木の根元

に掘られた深さ五尺余りの墓穴に埋葬され、

「駿府鳶沢村生まれ伍助此処に眠る　宝永五年二月八日」

の墓標が差しこまれた。

墓標の文字は総兵衛自ら筆を取ったものだ。

埋葬が終わった足で又三郎、駒吉らを道案内に総兵衛、船大工箕之吉、操船方の新造ら総勢十六人の男たちが幸島の南端を目指した。

稲平ら四人の者たちは鉄砲を担いでいた。舵柱候補の木の近くに棲むという獣の用心のためだ。

その他、全員が背中に大鋸、斧、鉈、滑車、楔、縄など伐採と輸送に使う道具類や野宿のための食料や鍋釜などを担いでいた。

この一行に海戦で頭と腕を負傷していた弁松と勇次が体慣らしにと参加を申しでたことが総兵衛を喜ばせていた。

主船頭の忠太郎らお助け浜に残る十人の留守部隊に見送られて、夜明けとともに一行は南を目指した。

お助け浜から岩場を下ること一刻半で南端の岬に到着した。

一行は少憩の後、密林に入る身支度を整え直した。岩場には炊方見習の竜次郎と怪我が癒えたばかりの弁松と勇次が残ることになった。

稲平ら護衛組が二人ずつ前後に鉄砲を構えて獣の襲撃に備えた。総兵衛も道案内に立つ又三郎のそばに並んで、大鉈を構えて進むことになった。

まず岩場をよじ登ると椰子、阿檀、檳榔樹が潮風に斜めに傾いで立つ斜面が一行を待ち受けていた。その斜面をよじ登り、さらに奥に入ると密林全体にこもる湿気がじんわりと一行を襲ってきて、顔から体から一度に汗が吹きだしてきた。

足元に多彩な羊歯類が群生していて、つるつると滑った。下草の下もじっとりとぬかるんでいた。

又三郎らが苦心して進んだ跡を辿り、じとじとした密林を進んだ。

わあっ

という芳次の悲鳴が上がった。

総兵衛が振り返ると首筋に落ちた蛭に若い芳次が驚き、

「じっとしておれ」

と新造が蛭を摘んでかたわらの木の幹に叩きつけた。

「顔には手拭で頬被りして、首筋も手拭で覆え」

又三郎が注意を与えた。

さすがにあちらこちらと密林を探査して歩いた又三郎らは首筋には布を巻き、手足には手甲脚絆をしっかりと巻きつけていた。さらに進むと重なり合う葉群に陽光さえも遮られた木下闇が覆い、日中だというのに提灯の明かりを点す暗さになった。

「総兵衛様、もうすぐにございます」

案内の又三郎が言ったとき、総兵衛の目に汗が流れこんだ。

その目の端に黒いものが飛んだのが見えた。

総兵衛は手にしていた大鉈を構えた。

その瞬間、密林に、

ずどーん

という鉄砲の音が響いて、黒い影は再び密林へと姿を没した。

稲平が放った銃弾は獣を脅すためだった。

「あれが獣にございますよ、猪とも虎ともつかぬ獣でしてなんとも敏捷なのでございます」

又三郎が平然と言う。

この二十日余り、又三郎らは数知れぬ難儀に出遭っていた。だが、そのことを浜に残った総兵衛らに一言も洩らしていなかった。

舵柱になる固木が見つからなければ、大黒丸は再び大海原に乗り出すことはできないのだ。一族の命運を又三郎らの探査が左右すると考えていたからだ。

「又三郎、獣が棲む一帯をわれらが侵しているのだ。あやつが脅そうとするは当然のことよ」

総兵衛が答えて菅笠の縁を手で上げたとき、松材にも似た大木が視界に入った。

「あれがわれらの見つけた舵柱にございます」

「ほう」

総兵衛が眺め上げる固木の幹廻りの径は一尺七寸（約五二センチ）近く、まっすぐに伸びた木の高さは百尺（約三〇メートル）を越えていた。

「なかなか見事な大木よのう」

「これは見事な木にございますな、おそらく松の一種であろうかと思います」

箕之吉も満足げに木を眺め、手で幹をぺたぺた叩いて、

「又三郎さん、これなれば十分に舵柱に使えますよ。何本か伐り出せば弥帆柱にも使えます」

と嬉しそうな顔をした。

箕之吉が又三郎らが目星をつけた大木を中心に立ち木を調べて歩き、その中から三本の候補材を選んだ。どれも径が一尺二寸から一尺七寸、高さは百尺を越えた見事なものばかりだ。

その日は伐採のための下準備をするだけで終わった。下枝を払い、木が倒れる斜面にある細木を伐り倒したのだ。

「箕之吉、われら十六人で担ぎだせるか」

総兵衛はそのことを気にした。

明日からは三本の大木を総がかりで伐り倒し、浜まで運びだす覚悟だった。

「一番大きな木はかなりの重さになりましょう。ここから担ぎだすのは大変ですが、幸いなことに浜までは大半が下り斜面にございます、丸太を下に敷いて転がせばなんとかなりましょう。上り坂一箇所と、浜に出て一丁余りをわれらの手だけで運ばねばなりません」

「浜まで運びだすのに何日かかるな」

「伐り倒すのに一日、運び出しに一日をみとうございます」

「ならばその手筈で作業を進めようか」

その日は浜に引きあげた。

浜に残っていた炊方見習の竜次郎と弁松と勇次の三人が火を熾し、大鍋に岩場で釣り上げたという、赤い色の魚や拾ってきた貝などを使っての浜鍋を拵えていた。すでに飯も炊きあがっていた。

その匂いが浜に漂って総兵衛らの腹を刺激した。

南国の浜だ、野宿はできる気候だった。

「竜次郎、明日は朝が早いぞ」

「総兵衛様方に腹を空かさせはしませんよ」

十八歳の炊方見習の竜次郎が笑いかけ、

「ほれ、このとおり忠太郎様が酒を持っていけと命じられましたぞ」

と大徳利を見せた。

「南海の島で浜鍋を肴に上方の酒か、堪えられぬな」

総兵衛が岩場に座すと茶碗になみなみと酒が注がれた。

「皆にも飲ませよ、一杯くらいはあたろうぞ」

すぐに車座になって夕餉が始まった。

一同は一杯の酒に陶然となり、竜次郎が腕を振るった浜鍋と飯で満足した。

そして、焚き火を囲んでごろ寝をした。

百余尺の高さまで枝を払われた大木がすっくと立っていた。

「総兵衛様、いきますぞ」

風神の又三郎が声をかけて、大斧を振り翳すと幹元を一撃した。

大木が倒れていく斜面側の幹元だ。そこを楔型に切りこみ、反対側から大鋸で挽きこんでいくのだ。

かぁーん

という乾いた音が湿った密林に木霊した。木っ端が飛び、斧の食いこんだ跡がわずかに残った。

「これはなかなかの固さですぞ」

又三郎は二撃目を叩きつけた。

又三郎と駒吉が交替して斧を振るいつづけた。格闘すること半刻、倒れていく方向に切り込みが入れられた。

作業を見つめる総兵衛の目が光った。

荷方の玉太郎に向かって静かに言いかけた。

「玉太郎、動くでないぞ」

「はっ」

「じっとしておれ」

総兵衛の腰に吊られた鉈が抜き取られ、気配もなく玉太郎の首筋に向かって投げ打たれた。

　玉太郎は驚愕したが頭領の命は守った。

　飛来する鉈が首筋を掠めて差しかけた枝を切り取り、背後の大木の幹に突き立った。

　ぐしゃっ
　という不気味な音がして、玉太郎は横顔に冷たいものを感じた。

「総兵衛様……」

　玉太郎がそう言うと自分の背を振り返った。

　緑色をした蛇が真っ二つに両断されて大木に鉈で留められていた。

「わああっ！」

「あでやかな色の蛇は毒をもつというでな」

　総兵衛が平然と言い、首筋を狙われていた玉太郎が身震いした。

「仕事を始めよ」

　総兵衛の命に箕之吉と操船方の新造が大鋸を切り込みの反対側に当てて挽き始めた。

　大木がみしみしと軋み始めたのは、二人が慎重に大鋸を動かし始めて四半刻

（三十分）の頃合だ。
「そろそろ倒れますぞ」
斜面の下にはだれもいないのを確かめた箕之吉と新造がさらに鋸を大きく動かした。
みしりみしり
と密林に響く音がして、大木が緩やかに傾き始めた。
薄暗い密林に光が走って、百余尺の大木が斜面に倒れていった。
その瞬間、歓声が上がった。
その日のうちに三本の大木が伐り倒され、一番小さな木だけが浜まで運ばれていった。
二日目の作業はそれで終わった。
三日目、残りの大木二本が苦労して浜まで運び出され、三本の大木で筏が組まれた。
さらに筏には簡単な艪と帆が付けられた。これもまた箕之吉の苦心の手造りだった。

四日目の早朝、半数の者が筏に乗りこみ、潮の流れを計算しながら浜を離れた。残りの者たちは岩場から縄で筏が沖へと流されないように確保していた。南端の浜から一里半（約六キロ）余りを一日かけてお助け浜へと曳行（えいこう）してきた。すると留守をしていた忠太郎らが歓声で迎えてくれた。

浜に大黒丸の舵柱と弥帆柱の材木が陸揚げされた。

「ご苦労にございましたな」

忠太郎は傷だらけの一行を慰労した。

「ともかく大黒丸の修理の材料が揃（そろ）ったな。あとは箕之吉の腕次第じゃぞ」

「お任せください。大黒屋の皆様を江戸にお連れする修理を致します」

箕之吉が胸を叩いたものだ。

三

翌日からお助け浜に陸揚げされた三本の大木の下拵（したごしら）えが始まった。まず丁寧に皮が剝（は）がされ、枝を切り払った節が綺麗（きれい）に削られた。ここまでは箕之吉の指導で全員が作業にかかった。

続いて操船方の新造と帆前方の正吉の指揮で、外されていた舵柱と舵が浜に上げられた。

この二人は大黒丸の建造にもしばしば立ち会い、船の仕組みが分かっていた。

一方、荒削りされた三本の丸太は風通しのよい日陰で乾燥された。

本来なれば乾燥を十分にさせるために何年も寝かせることになるのだが、箕之吉にはその時間の余裕はなかった。

箕之吉は墨壺（すみつぼ）と指し金を使い、寸法を測った。そして、壊れた舵柱を横に並べて確かめながら線を記した。

大黒丸の舵板は単板舵で舵柱に挟みこまれて艫櫓（ともやぐら）から吊られていた。海戦で舵板は無事だったが、舵板を挟みこんだ舵柱の下方部分が引き千切られていたのだ。

箕之吉は外された舵柱の寸法を細かく検（あらた）めた後に新しい舵柱造りの最後の工程に入った。

これぱかりは船大工の独壇場だ。だれも手を出すことはできなかった。

皮を剝いだ大木を斧（おの）で中削りしていく。この中削りの作業を終えた後、チョウナで舵柱の表面を平らに削っていくのだ。

チョウナは手斧または釿とも書く。

柄が内に曲がった先に湾曲した刃が付けられた特殊な道具だ。

蛤（はまぐり）型に刃跡がつくチョウナは、法隆寺の五重塔の建築にも使われたほど古いもので日本独特の大工道具だ。

箕之吉は丸太の上に両足を揃えて乗り、内側に曲がったチョウナを器用に使って足元の木肌を丁寧に慎重に削っていく。それは外された舵柱の寸法を確かめ、測りながらの作業だった。

削り過ぎては丸太を台無しにすることになる。ひたすら集中し、神経を使う工程だ。

半刻（はんとき）おきに短い休息をとった。

箕之吉は総兵衛と忠太郎が作業を見物に来ていたことを知り、会釈（えしゃく）をした。

「どうだ、木の具合は」

「舵柱には打ってつけの粘りと固さを兼ね備えております。水にも強そうですし、なかなかの材木です」

「それは重畳（ちょうじょう）」

「総兵衛様、忠太郎様、ちと考えたことがございます」

「なんだな」

総兵衛が反問した。

「この用材なれば弥帆柱ばかりか、折れた後檣（こうしょう）も修理ができましょう。どうせならここで大修繕をしていってはどうかと考えました」

「できるか」

「帆柱は甲板から十尺（約三メートル）のところから折れました。この十尺部分に継木（つぎき）を致せばなんとかなりましょう」

「継木をして帆柱の強度は大丈夫か」

「土台となる十尺部分がしっかりしておりますで、なんとかなろうかと思います。それに新しく継ぎ足した部分に負担がかからぬように折れた帆柱よりも高さを低くしようかと思います」

「船足が落ちはせぬか」

忠太郎がそのことを気にした。主船頭は作業が進むうちに段々と欲が出てきたのだ。

「確かにそのままなれば船足は落ちましょう。その代わりに弥帆柱を高くします」

「なにっ、弥帆柱を高くするとな」

「主船頭、大黒丸を二檣帆船から三檣帆船に変える大改造をやりのければ船足は落ちずに済みましょう。大黒丸は第一檣から第三檣を備えた三檣帆船に模様替えすることになります」

「なんとのう、三本帆柱の大黒丸が誕生いたすか」

総兵衛が海戦の相手のカディス号の姿を思い出して、にんまりと笑った。

「船足が落ちるどころか早まりはせぬか」

「そう考えております」

「主船頭、どうだな」

「異論はございませぬ。応急修繕のままに船出したとしてもまた異国の地でやり直すことになります。時間も倍はかかりましょう。ならばこの幸島でとこととん修繕を済ませていけるとなれば、それだけ琉球に早く戻れる算段です」

総兵衛が主船頭に訊(き)き、賛意を得た。

「ならばやってみるか」

「はい」

箕之吉が嬉(うれ)しそうに返事をしたものだ。

砲撃で三段帆の多くが裂けたり、破れたりしていた。

大黒丸が二本柱の帆船から三本帆柱に改装されるために新しい帆や補充の帆が大量に要った。

これらの帆造りを帆前方の正吉の指導で十数人の一族の者たちがあたることになった。

大黒丸は予備の帆布を積みこんでいた。それが役に立つことになった。

それに鳶沢一族の者たちは古着問屋の大黒屋の奉公人でもあった。布の扱いも縫い物も手馴(てな)れたものだ。

お助け浜で舵(かじ)柱作業と帆柱改装と帆布造りが同時に並行して続けられた。

夕方、定期的に降りだす降雨の時間も小屋の下で作業は続けられ、雨季を迎えても、その手は休められることはなかった。

大黒丸が幸島に漂着して四か月が過ぎようとしていた。

お助け浜が大潮の間に男たちが海中に潜り、大黒丸の後尾船底に石を積んでいった。これは気の遠くなるような作業だった。

船長八十三尺(約二五メートル)の船尾を潮の干満を利用して持ちあげようという話だ。

潜水作業には助船頭補佐方の稲平が頭分になって駒吉ら若手が石を運び海底を埋めていった。

長く苦しい、気の遠くなるような作業には時に総兵衛や忠太郎が加わることもあって、小潮を迎えたとき、大黒丸の船尾は海底に積まれた石の山の間に持ちあげられるように鎮座していた。

「いやはや、大変な石積みであったな」

総兵衛が頭になった稲平らに話しかけた。

「二千二百石の大黒丸の船底が晒(さら)されておりますぞ」

と忠太郎も感心し、

「稲平、ご苦労だった」

と労(ねぎら)った。

大黒丸の修理の難関、舵柱が装着される作業に入った。

長さ十八尺七寸の舵柱は、艫櫓から船尾に下ろされ、浮き上がった船底に突きだされた。

その下方は単板舵が挟みこまれるように真ん中に切り込みが入れられていた。

箕之吉が精魂を込めた舵柱だ。

一分の狂いもなくぴたりと舵板に合わされ、接合部が船楔(ふなくさび)で固定されていった。

「箕之吉、できたな」

「総兵衛様、竹町河岸(がし)で造られた舵の強度に劣らぬものに仕上がりました」

箕之吉が自信満々に言い切った。

「ようやった」

潮が引いたお助け浜に歓声が木霊した。

艫櫓に突きでた舵柱の上方に舵棒が装着されると操船方の新造と舵取りの武

次郎が嬉しそうに久しぶりの舵棒を撫でさすった。

「新造、武次郎、しばらくの辛抱じゃぞ。再び舵棒から伝わる波の震えをそなたらの掌に感じさせようぞ」

「はい、総兵衛様」

その夜、お助け浜ではささやかな祝宴が開かれた。

炊方の彦次と竜次郎が朝夕に浜で釣った魚を日干しにしたものが主菜であった。これが実に美味で総兵衛は、

「彦次、美味いな」

と二枚も食べた。そして、箕之吉に言いかけたものだ。

「次は帆柱の根継ぎじゃな」

「総兵衛様、まず弥帆柱から取りかかるように正吉さんと話し合いましてございます」

「そなたらの指示にわれらは従うだけよ」

総兵衛が上機嫌に応じた。

箕之吉と帆前方の正吉が話し合いを重ねに重ねた大黒丸の三檣改装策は、ま

ず一番檣の六十八尺を配し、百二十尺の二番檣主帆が風を取り込み、後ろに根継ぎした八十九尺の三番檣がさらに加速させる役目を果たすというものだ。むろん一番檣のかたわらからは三角帆が海上に突きでて、風を有効に拾うのだ。

すでに三檣の三段帆布と三角帆はすべて出来上がっていた。

何度目かの大潮の時期が巡ってきて、大黒丸がお助け浜に浮き、船底の石が取り除かれた。

「新造、武次郎、そなたの持ち場ができたぞ、箕之吉にな、感謝いたせ」

「総兵衛様、船大工の棟梁には足を向けて寝られませんよ」

武次郎が太い腕を撫しながら笑った。

箕之吉は大黒丸改装に際し、

「船大工の棟梁」

と呼ばれるに相応しい仕事をこなしていたのだ。

続いて百二十尺の主檣の頂に大滑車が取りつけられた。

この大滑車を利用して、全員が縄を引いて、六十八尺の一番帆柱が虚空に持ちあげられた。

「もう少し立ててくだされ」

「東側へ根元をそっと回してくだされよ」

箕之吉の命でゆるゆると一番檣が固定されていく。さらに三段の横桁と帆布が装着され、縄梯子が蜘蛛の巣のように張り巡らされた。

大黒丸の印象ががらりと変わった。

「総兵衛様、なんとも精悍な船になりましたな」

忠太郎が満面の笑みの顔を総兵衛に向けた。

「これで三番檣が立ちあげられてみよ、大黒丸は様相を一変するぞ」

「なんとも楽しみにございますよ」

一本の帆柱を完全なものとするためには横桁、帆布、綱、滑車と膨大な用具を揃えなければならなかった。だが、大黒丸は予備の用具を十分に積んでいたし、横桁の材などは幸島で新たに伐り出したものを使った。

さらに二本の帆柱上にはそれぞれ檣楼が設けられた。幸島の葛を使い編まれたものだ。

最後の大作業に入ったとき、漂着から五か月が過ぎようとしていた。

残った主帆柱の幹元の十尺部分には箕之吉の手で精緻（せいち）な切り込みが加えられ、

そこへ七十九尺の新たな帆柱が継ぎ足されるのだ。

結合部分でおよそ七尺余りあった。

慎重な作業は夜明けを待って一気に始められた。

総兵衛以下炊方の彦次、見習の竜次郎を含めて二十六人全員が顔を揃えて、この複雑な難作業に加わった。

もし百二十尺の主帆柱が残っていなかったら、この作業は不可能であったかも知れなかった。最大限に主帆柱と大滑車が利用され、慎重に七十九尺の新しい帆柱が吊（つ）り上げられて、立てられた。

接合部分の下方がぶらぶらと宙に揺れていた。

「よいな、気を緩めるでないぞ！」

「駒吉、艫櫓へと縄を引け！」

主船頭の忠太郎が真っ赤な顔で叱咤（しった）しつづけた。

ゆっくりとゆっくりと切り込み部分が接近して、何度も何度もやり直した末に根継ぎ部分が、

ぴたり

と、箕之吉が計算したとおりに嵌(はま)った。

静かな嘆声が流れた。

結合部分に木の楔(くさび)が何箇所も打ちこまれ、頑丈にしなやかに合体した。

その瞬間、二十六人の男たちから怒号のような歓声が叫ばれた。

大黒丸が再生した瞬間であった。

ふうっ

と箕之吉が吐息を吐(つ)いた。

「箕之吉、ようやってくれた。われらはそなたがいなかったら、どうなったか」

総兵衛がこの五か月の労苦を心底から労った。

箕之吉は同僚の與助の裏切りを悟って竹町河岸の親方の下を抜け、伊香保から草津、さらには若狭(わかさ)国へと大黒丸の後を陸路で追いかけ、旅の途中で合流した総兵衛、駒吉ともども小浜沖で乗船していた。

しばらく呆然(ぼうぜん)としていた箕之吉が、

「総兵衛様、礼を申すのはこの箕之吉にございます。このような経験をさせていただいた箕之吉はなんという幸せ者にございましょうか。総兵衛様、忠太郎様、皆の衆に礼を、ほれ、この通り申します」

とその場に平伏したものだ。

三檣に三段の横桁と帆が取りつけられ、見張りのための檣楼が新しくされ、帆柱の頂から無数の縄が張り巡らされて、ついに大型三檣帆船大黒丸の改装を終えた。

南海の孤島は猛暑の季節を迎えていた。

だが、総兵衛らは誰一人として暑さを感じた者などいなかった。

自分たちを江戸に、琉球に連れ戻す大黒丸が大修繕を終えたのだ。幸島と名付けた孤島から脱出できるのだ。

砲術方の恵次（けいじ）と加十（かじゅう）は大黒丸の修繕の合間を縫って、甲板上に装備された重砲四門のかたわらに砲弾庫を設けて、さらに迅速な砲撃ができるように工夫を加えていた。さらに砲身を支える車輪付きの台座も砲口が九十度ほど角度を素早く回転させ、上下を自在に変えられるように改善を加えていた。

「総兵衛様よ、もはや南蛮の海賊船に驚くもんじゃあありませんよ」

加十が威張ってみせた。

「さてさて実戦に役に立つかどうか、加十、恵次、楽しみじゃのう」

大黒丸が最後の艤装をなす間に箕之吉は船首から両舷側、船尾と船縁の強度を増すように竹囲いを装着した。これによって銃弾程度なら避けることもできたし、船腹を付けての戦でも直ぐには敵方が大黒丸に乗りこめない防御柵の役目を果たすことにもなった。なにより竹囲いなので軽かった。

「忠太郎、明日にも試走を致そうぞ」

この命が下ったのは五月に入ってのことだった。

「畏まって候」

と主船頭が鳶沢一族六代目の命を受けた。

前日はお助け浜から大黒丸に積荷が戻され、船倉が久しぶりに埋まった。さらには樽に詰められたこんこん水や薪炭が運びこまれた。

荷が詰められる度にゆっくりと大黒丸の喫水が上がっていった。

「どうだな、箕之吉」

総兵衛が浜からその様子を観察する船大工に訊いた。

「計算どおりにございますよ」

と頷いた箕之吉は、

「三本帆柱にした分、大黒丸の上部が重くなるように感じられましょう。ですが、二本帆柱百二十尺の三段帆にかかる風圧とこたびの改装での風圧を比較いたしますとそうは変わりません。一番檣、三番檣が低くなりました分、重心は下にきます。その上、帆にかかる風の力を下向きに抑えつけるように帆に工夫いたしましたゆえに操船はまずこちらがよかろうかと思います」

「楽しみじゃのう」

「今宵、眠れそうにもございません」

箕之吉が正直な気持ちを吐露した。

総兵衛は独り大黒丸の船室の卓上に地図を広げて見入っていた。

船行灯の明かりが正吉、新造、箕之吉らが長崎滞在の折に苦心して南蛮船や唐人船から買い取った地図を照らしていた。

今、総兵衛が見入っているのは唐人船が交易に従事するときに使う手描きの一枚だ。そこには漢字と一緒にカタカナが書きこまれていた。唐人の手によるものか、字は奇妙だったが十分に読み下せた。

長崎からほぼ南に下ると弧状に琉球列島が描かれていた。

その下には八重山群島が点のように描かれて、薪炭や真水の補給地が描きこまれていた。

さらに隋(ずい)の時代には琉球と一緒にされて「流求」と呼ばれたり、澎湖(ほうこ)とも呼ばれたりした高砂が描かれてあった。

この島が台湾と呼ばれるのは後年のことだ。

十六世紀以降、アジアに進出した阿蘭陀(オランダ)、西班牙(イスパニア)などが交易の拠点とし、漢民族の海賊たちもこの高砂を活動の拠点にしていた。

総兵衛は海戦の後、嵐に見舞われた大黒丸が高砂の東側を南下して、呂宋と海南島の間辺りにある「幸島」に漂着したと考えていた。

総兵衛の目は、交趾(こうち)の海岸に釘付(くぎづ)けになった。

交趾、前漢の武帝が越南の東京(トンキン)地方の郡名をこう名付けて以来、交趾、安南(アンナン)

と称されてきた。

大きく、長い半島の東側に、フエ、トゥーラン（ツロン）、フェイフォ、カチャン、ファンラン、ファンリと湊（みなと）があり、その南に占城（チャンパ）と書きこまれてあった。さらに半島を西に回りこむと暹羅（シャム）があった。

唐人が描きこんだ地図と日本語で書きこまれた地名の数々には彼らの交易の範囲の広大さが示されていた。

江戸幕府が鎖国政策を続けている間に和国は大きく交易からも軍事からも取り残されようとしていた。

（どうしたものか）

（大黒屋総兵衛が独り力んでみてもどうにもならぬことなのか）

総兵衛の心は千々に乱れて迷っていた。

四

夜明け前、大黒丸の碇（いかり）がおよそ五か月半ぶりに上げられた。

潮の流れを見ながら、大黒丸に一段帆が揚げられた。

二番檣の頂からは双鳶の家紋が染められた幟旗が吹き流された。

ゆっくりと大黒丸の帆が風を受けて、お助け浜から沖合いへと舳先を向けた。

艫櫓では操船方の新造と舵取りの武次郎が久しぶりに握る舵棒の感触を確かめ、感激に浸っていた。

「帆を揚げぇ！」

主船頭忠太郎の命を聞いて、総兵衛は艫櫓を降りて、船首へと向かった。甲板には整然と縄や滑車などが整えられていた。そして、死んだ水夫頭の伍助の地位に補佐方の錠吉が昇進して座り、水夫たちをてきぱきと指揮していた。

四門の重砲も砲身を夜明け前の微光に鈍く光らせていた。

総兵衛は舳先に立った。

その時、大黒丸はお助け浜を出て、大海原へと直進し始めた。

「三段帆を揚げよ！」

風に逆らって忠太郎の誇らしげな声が総兵衛の耳に届いた。

大黒丸の主帆の帆桁が上がり、巻き取られていた帆布が拡がって風にばたばたと鳴って満帆に拡がった。するとここにも鳶沢一族の双鳶が大きく描かれて拡がっていた。

三本の帆柱に九枚の帆が、そして舳先右舷に三角帆が優雅にも拡がった。

大黒丸が船体を震わせて全速で前進を始めた。

波飛沫が上がり、総兵衛の着流しの体に降りかかった。

だが、総兵衛は避けようともせずに五体で喜びを感じていた。

大黒丸の舳先が南海の海を切り裂いて疾走する。

船体はどっしりと海に座り、三檣の九枚の帆はあくまで軽やかに丸く風を孕み、効率よく前進させた。

箕之吉と正吉の二人が何枚かの帆に下方に風を逃す工夫をしたことで大黒丸は浮き上がることなく、船体が適度に波の上に抑えつけられて安定性を保ち、走ることができるのだ。

総兵衛の足元では鳶沢一族の象徴たる双鳶の船首像が久しぶりの帆走に喜びを像全体で表して震えていた。

「面舵いっぱい！」

忠太郎の発する命が帆の鳴る音の間から聞こえてきた。

「面舵いっぱい！」

復唱する操船方の新造の声も喜びに満ち溢れていた。

大黒丸が直ぐに反応を見せて、船体を左に傾かせて右舷へと方向を転じた。

帆がばたばたと鳴る音が心地いい。

旋回を続けているにもかかわらず大黒丸はどっしりと安定して、修理された船体と舵が十分な機能を発揮していることを示していた。

総兵衛は舳先から振りむいた。

九枚の帆と一枚の三角帆が風の創りだしたなんとも優美な弧を描いていた。

そして、一番檣も三番檣も堂々として主帆柱の二番檣と一緒に、

「風の歌」

を合唱していた。

舳先に上がってきた者がいた。

船大工の箕之吉だ。

総兵衛が思わぬことを訊いた。

「箕之吉、大黒丸から降ろされて親方を恨んだか」

「最初はなぜこの箕之吉がと思いましたよ。だが、今考えますと親方は、次に乗るときはああもしよう、こうもしようと考える時を与えてくれたような気がしますんで。大黒丸を降りて考えたことがこんなにも早く実を結ぶとは夢にも思いませんでしたよ」

「統五郎親方にそなたの言葉を聞かせたいものじゃな」

大黒丸が今度は面舵から取舵へと転舵をしていた。が、この操作も何の支障もなく大黒丸は乗り越えていた。

「舵はよう利きおるわ」

「はい、箕之吉が精魂込めて仕事する合間に何度も何度も言い聞かせましたゆえにな」

「おう、そのことが大事よ」

「総兵衛様よ！」

という声が天から降ってきた。

総兵衛と箕之吉が三本の帆柱上を見あげると主檣の檣楼に駒吉の姿が小さく

あった。

「大黒丸は本物の鳶に変身しましたぞ、風を軽やかに捕らえて海を空代わりに自由自在に飛んでおりますぞ」

「大黒丸は鳶になりおったか」

総兵衛の高笑いが舳先に響いた。

すると今度は舳先に砲術方の恵次が上がってきた。

「総兵衛様、操船方やら帆前方ばかりが鼻高々は気に入らねえや。うちも大黒丸が生まれ変わった打ち上げ花火を上げてえよ」

「恵次、大黒丸の主船頭は忠太郎じゃぞ。忠太郎に許しを得よ」

「主船頭にはもう許しを得たよ。忠太郎様は総兵衛様にお訊きしろと言われたのさ」

「忠太郎の許しを得たものをおれがなんで覆せようか。恵次、存分に箕之吉の手柄を祝ってやれ」

「へえっ、畏まって候」

奇妙な返事を残した恵次が舳先を降りていき、砲撃時に自らの眼で確かめたいことがあった箕之吉も総兵衛のそばから姿を消した。

新たな緊張が疾走する大黒丸を支配した。

「主船頭、恵次さん、加十親父、四周に船影はございませんよ！」

檣楼の駒吉が報告した。

若狭の小浜で大黒丸に乗船した当初、戦死した喜一から叱咤されながら帆柱にしがみついていた駒吉の姿はどこにもなかった。

もはや海にこのうえない喜びを感じる若者に生まれ変わっていた。

ほら貝が鳴り響き、

「砲撃準備！」

という忠太郎の命が船上に響いた。

主檣の頂に双鳶の戦旗が翻った。

その作業を終えた綾縄小僧がするすると縄梯子を伝い、甲板へと降りていった。砲術方に加わるためだ。

「右舷の一番重砲から四番重砲、左舷に移って五番、八番重砲と連射するぞ！」

右舷の砲術方加十のしわがれ声が響いた。

四門の重砲は四人ずつが担当していた。

「目標七つ（北東）の方角、五丁先！」

一番重砲の砲身の角度が調整され、照準が合わされた。

砲身を支える車輪付きの台座の右に新しく分度器が装備されて砲身の角度が確かめられるようになっていた。

「一番重砲、発射準備！」

と加十の命が発せられると即座に、

「一番重砲、準備完了！」

と復唱が返った。すかさず、

「発射！」

の声が響いた。

総兵衛の目は砲身からまず飛びだした閃光と白煙を捉えた。その直後、

ずずーん！

と腹に響く砲声が轟いた。

砲弾が大黒丸右舷の海上を大きな円弧を描いて飛び、ほぼ五丁先の青い海へ

と落ちて、大きな水柱を上げた。

「四番重砲発射！」

四番重砲から立て続けに、五番重砲、八番重砲が連射された。

殷々(いんいん)とした砲声が南の海に木霊(こだま)して、大黒丸全体が歓喜の雄叫(おたけ)びを上げていた。

さらに砲術方の恵次と加十は八番重砲を打ち終わった後、さほどの間も置かずに一番重砲の砲撃を試みた。さらに四番重砲が続いた。

恵次と加十は大砲を順繰りに使う連続砲撃の技を見せていた。

二順目の砲撃が終わった後、両舷側の二門ずつの軽砲が引きだされた。

舳先に上がってきたのは駒吉だ。

「駒の大砲とは信用できぬのう」

総兵衛のからかいの言葉をにやりと笑って受け流した駒吉はきびきびとした動きで軽砲の砲撃準備を終えた。

砲術方の二人は先の海戦を振り返って反省し、足りなかったところを徹底的に訓練してきていた。今では総兵衛を除く二十五人全員が砲術を自在にこなすまでになっていたのだ。

幸島に漂着した五か月半の間、大黒丸の大修繕の合間に鳶沢一族はだれしもが操船から砲術までをこなせる海の戦士に変貌していた。

幸島漂着は鳶沢一族に試練を与えたと同時に実りの多い時間をも授けてくれたのだ。

「一番重砲砲撃準備完了！」

という声を皮切りに次々と砲術方に報告され、

「艫櫓軽砲準備完了！」

の声が響いた。

「総兵衛様よ、一斉砲撃じゃぞ！」

恵次の誇らしげな声の後、大黒丸の八門の大砲が一斉に砲弾を撃ち出すとさすがの大黒丸も大きく船体を震わせて、それに応えた。

大黒丸はさらに試走と砲撃訓練を二日続けた。

四日目は夜明け前から幸島の四周を大きく回りながら訓練を続けた。

総兵衛は島の西側を初めて海上から見たことになる。また又三郎が雲の影か、島影かと決定できなかったものが島であることも船上から確かめられた。

箕之吉を中心に修繕を重ねた大黒丸が、もはや南蛮の海賊船カディス号と戦闘を交えたときよりもはるかに堅牢、俊敏な船に変貌し、乗組員たちも、帆前も操船も砲撃も以前よりはるかに熟達していることが判明した。

箕之吉自身も、各重砲の砲架が砲撃の衝撃になんなく適応していることを確かめて、一安心した。

四日目の試走を終えてお助け浜に戻る大黒丸の船足は軽かった。

その日、総兵衛が珍しく艫櫓に姿を見せた。

それまで操船の総責任者の忠太郎にいらぬ神経を使わせまいと指揮所である艫櫓には近づかなかったのだ。

「忠太郎、そろそろ幸島を離れるときがきたようだな」

「琉球の信之助、おきぬを長いこと心配させましたからな」

総兵衛が黙って頷き、

「忠太郎、出帆するにはどれほど時間がかかるな」

「二日もあれば長期航海の支度は整いましょう」

と請け合った。

「総兵衛様」

と声をかけてきたのは助船頭補佐方の稲平だ。

「操船方の新造に南蛮式の天測儀の扱いを習いましたゆえ、何度か幸島の位置を観測してみました」

「呂宋と海南島の間の海域と見たが間違いか」

「総兵衛様の推量にまず間違いないかと思われます。われらは海南島の東沖八十海里(約一五〇キロ)付近にいるものと思われます」

「もそっと呂宋寄りと思うたが、意外と西に寄っておったか。忠太郎、又三郎、稲平、船室に降りよ」

総兵衛は主船頭と助船頭らを艫櫓下の船室に誘った。そこには新造、正吉らが長崎で南蛮船や唐人船から大金で買い入れた海図や南蛮の書物が広げられていた。

「見よ、稲平。これが海南島よ。ここから八十海里東の海域となるとこの辺りにいることになる」

総兵衛の指先が海南島から東に走り、海図にはない幸島があると見られる海域を指した。

「幸島の南端から時折水平線に見せる島影とも船影ともつかぬ〝影〟となるとこの島ということになるか」

総兵衛の指先がとある箇所を指した。そこには、

「西沙諸島、ホアンサ諸島」

の書き込みがあった。

「西沙諸島にございますか」

「唐人船は西沙諸島と呼び、交趾の人はホアンサ諸島と呼ぶようだ。高い山はない、嵐の日には島が波の下に沈む程度の島でな、交趾のダナンという都の沖、二百海里ほどのところにあるとか」

「はるけくも南に流されましたな。ともあれ、それが西沙諸島なれば、われらが救いを求めても益なしにございますな」

忠太郎が考えを述べた。それには総兵衛は答えず、

「忠太郎、三日後に出立と決めてよいか」

「承知仕りました」

主船頭が承知して大黒丸出帆の日が決まった。

翌日から幸島では撤収の支度が開始された。

炊方の彦次と竜次郎が丹精した干物、ココナツの実、薪炭、水などが積みこまれ、最後の点検が行われた。

その作業も二日目の昼には終わった。

昼過ぎから総兵衛らは水夫頭の伍助と海戦の最中に海に投げだされた水夫の喜一の墓前に集まった。

経が上げられ、全員が読経した。

新しい水と供物と酒が捧げられ、煙草好きの伍助のために総兵衛が自慢の銀煙管に刻みを詰めて火をつけ、土饅頭に差し立てた。

伍助と一緒に紫煙を燻らそうと考えたのだ。

幸島に残す二人の霊の法要を終えた一同は、幸島最後の夕餉を大黒丸の甲板に車座になってとった。

酒が振る舞われ、総兵衛が、

「もはや言うべき言葉もない、ご苦労であった。明朝にはこの浜を離れる」

と改めて告げた。

「畏(かしこ)まって候(そうろう)」

鳶沢戦士全員が応じた。

一同の面上に静かな感慨が漂っていた。

「忠太郎、主船頭のそなたにも未(いま)だ相談しておらぬことがある。聞いてくれるか」

「なんでございましょうな」

盃を手にした主船頭が総兵衛の顔を見た。

「われらは明朝お助け浜を出立して南を目指す」

「な、なんと申されました。琉球には戻らぬので」

「信之助、おきぬにはこの半年以上も心労をかけた。一刻も早く元気な姿を見せたいのは山々なれど、琉球には戻らぬ」

「してどちらへ」

「未申（南西）の方角にかすかに望める島影が西沙諸島であることを確かめたい」

「その後はどうなされますな」

「あの島影が西沙諸島なれば、そのまま二百海里ほど西に向かうと慶長の御代、山田長政様らが交易の拠点を作った交趾に到達するはずだ。交趾の港には南蛮船も唐人船も立ち寄っていよう、交易に適した港も多いと聞く。よい機会である、交趾のどこぞに交易港を設け、異郷の商人やら南蛮船と直に取引しようではないか」

「総兵衛様、途方もないことで」

「なんの途方もなきことがあろうか。われらが大黒丸を建造したは、異国との交易を考えてのことであったわ。これまでは琉球の出店を仲介にして交易をと考えてきたが、なんの因果か南の孤島まで流されてきたのだ。この好機を逃すこともあるまい」

総兵衛が平然と言った。

「言われてみればいかさまさようにございます」

「暹羅に朱印船で渡られた山田長政様は、アユタヤという地に日本人村を造られたというではないか。われらの先祖が辿りついた地に大黒丸が行けぬわけでもあるまい」

「総兵衛様、異国人とは言葉が違いましょう。商いに駆け引きは必要にございます、言葉はどうなされます」

駒吉が心配げな声を上げた。

「駒吉、商いは言葉より肚のすわり具合よ。計算ずくはどこの商人も同じこと、まずは相手のお手並みを拝見いたそうか。さすれば、なにを考えておるか分からぬわけではあるまい」

「総兵衛様、われらが先の航海で青島にて大砲八門を仏蘭西船から購いましたとき、手真似で取引いたしました。黄金色の金や銀銅なれば万国共通でございますよ」

忠太郎がその事を思い出して言いだした。

大黒丸の試走の折、忠太郎は琉球の首里から実弟の信之助を同乗させ、琉球に住む唐人を案内役に立てて青島まで航海していたのだ。

「そのことそのこと、先のことを案じても仕方あるまい」

「ならば、われらの行く先は西沙諸島にございますな」

頷いた総兵衛が、

「一同、当分、江戸には帰れぬと思え」

と明日からの行動を命じた。

「おおっ」

「畏まって候」

水夫の間から叫び声があがった。

「そうと決まれば今宵(こよい)は島発(だ)ちの祝宴ぞ。酒を飲め、歌を歌え。踊りたければ、太鼓を叩(たた)き、笛を鳴らせ」

総兵衛の言葉に一座が賑(にぎ)やかになった。

その夜、いつまでも大黒丸の船上から明かりが消えることはなかった。

第四章　交　易

一

翌朝、夜明け前、大黒丸は六か月にわたる幸島滞在を切りあげて、碇(いかり)を上げた。

お助け浜を出た大黒丸に主船頭忠太郎の声が響きわたった。

「三段帆を満帆にせえ！」

船上のあちこちから復唱の声が響き、大黒丸の三檣(さんしょう)に箕之吉自慢の三段帆九枚と三角帆が張られて、風を孕(はら)んだ。

大黒丸が快走を始めた。

「進路を未申（南西）の方角に向けよ！」

「へえいっ」

操船方の新造が承り、

「舵取り、未申の方角に向けよ」

と命じて、武次郎が舵棒を操作した。

大黒丸が進路を定めた。

「新造、目指す島影が西沙諸島なれば三十余りの小島が百三十海里四方の海域に散って、その間に暗礁や岩場がいたるところに隠れているそうだ。気をつけていけ」

「へえっ」

総兵衛が唐の書物から得た知識であった。そこには稚拙な海図が描きこまれてあり、その写しを忠太郎は新造に見せた。

大黒丸は順風を帆に受けて、快調に船足を延ばしていく。

ついに大海原に大黒丸が戻り、忠太郎が大黒丸のすべての力を試すように全速航海を命じていた。

白地に鎌輪奴(かまわぬ)文様の浴衣(ゆかた)を涼しげに着た総兵衛は髪を靡(なび)かせて舳先(へさき)に立っていた。

その腰には三池典太光世(みいけでんたみつよ)が落とし差しにされていた。

大黒丸の震えが総兵衛の五感に伝わってきた。それは大海に戻ってきた喜びを船体じゅうで表す震えだった。

全速前進する大黒丸の改装した箇所を調べて回った船大工の箕之吉が舳先に上がってきた。

「三檣にしたせいか、船体が波間に吸いついて走りよるわ」

総兵衛の正直な観察だった。

二本帆柱の大黒丸は強風を受けたとき、船体を浮き上がらせて走る感じがした。

そのせいで船体と帆柱が軋(きし)み、帆が不規則に鳴った。だが、三檣に改装後は走りがぐうっと安定性を増して、船足も二割かたは上がっていた。

「もはや竹町河岸で造られた大黒丸とは様相を一変させたな、精悍(せいかん)になりおったわ」

総兵衛が満足げに笑った。

今や幸島が総兵衛たちの視界から消えていき、段々に西沙諸島と思える島影がはっきりとしてきた。そして、それは近づけば近づくほど、海面にわずかに突きでた小島の集まりということが判明した。生えているのは、ひょろひょろとした椰子（やし）の木だけだ。

潮風に葉が長閑（のどか）に揺れていた。

忠太郎は大黒丸の船足を落として、舳先にも二檣上の檣楼にも監視のための人員を配置させた。そして、時に停船して水深を測りながら大黒丸を進めた。

昼過ぎ、大黒丸は二つの小島が並ぶ沖に到達し、停船した。

艫櫓（ともやぐら）では忠太郎と助船頭の又三郎が海図を見て、

「西砂島とツリー島と申すところではないか」

と推測し、伝馬船（てんません）を下ろさせて、二つの小島を調べさせた。

伝馬に乗りこんだのは稲平と平戸島から乗り組んだ桃三郎（ももさぶろう）、それに船頭として則次郎が櫓（ろ）を操った。

その様子を舳先から遠望する総兵衛の下に忠太郎がやってきて、

「これが西沙諸島の西砂島にツリー島となりますと西砂島の東を南下すれば、西沙諸島の中でも最大の島のホアンサ島が見えてくるはずにございますな」

「そういうことだな」

幸島よりさらに南下したせいで、空も海も抜けるような青できらきらとしていた。

稲平らの伝馬がツリー島の浜に乗り上げて、浜のあちこちを調べ始めた。が、四半刻（しはんとき）（三十分）後には大黒丸に引き返してきた。

「主船頭、人影などまったくありませんよ。あの島がツリー島かどうか、判断がつきかねますぞ」

と伝馬から叫んだ。

「総兵衛様、ホアンサ島へと向かってみますか」

「よかろう。だが、忠太郎、西沙諸島の奥は唐（もろこし）の海賊船が根城にしておるというぞ。気をつけていけ」

総兵衛の注意に忠太郎が頷（うなず）くと、

「総員、警戒配備！」

の命を下した。

砲術方の恵次と加十の下に半数の人員が配備され、砲撃態勢を整えた。四門の重砲のかたわらについた鳶沢一族の者たちは剣を腰に差し落としていた。残りの半数は鉄砲を背に負い、槍や薙刀を手にして、所定の場所についた。

碇が上げられ、再び大黒丸は半速前進でホアンサ島を目指した。

暗礁を注意しながらの帆走である。

夕暮れ前に周囲二里ほどの島の沖合いに到着した。

入り江には小型の帆船が停泊して、浜から炊煙が上がっていた。

大黒丸は沖合いに投錨した。

遠望するかぎり女も交じっているようだ、遠目には唐人か安南人か見当がつかなかった。

「総兵衛様、上陸して確かめます」

忠太郎が二隻の伝馬に武装した一族の者を乗せて、偵察に出すことを総兵衛に相談した。

「おれも行こうか」

総兵衛は二隻の伝馬に分乗した一族の者たちに加わることにした。

大黒丸に残った者たちには警戒配備が命じられた。

上陸隊の頭は助船頭補佐方の稲平だ。

長崎で南蛮人や唐人に付き合ってきた船大工の箕之吉が通事役として乗船していた。しかし、その顔付きは自信なげだ。

総兵衛を含めて九人が伝馬に分乗して浜を目指す。浜では伝馬の接近に緊張が走り、十人ほどの男たちが武器を手にしているのが目に入った。女たちは島の奥へと逃げこんだようだ。

浜まで一丁ほどに近づいて、どうやら停泊している帆船団は唐人船らしいと推測がつけられた。船の形やら男たちの姿格好から長崎に寄港する唐のジャンク船のそれに似通っていたからだ。

「箕之吉、話しかけてみよ」

「総兵衛様、長崎ではもっぱら筆談でしたゆえ話せと申されましても」

と困惑の体だ。するともう一隻の伝馬から異国の言葉が投げられた。

叫んでいるのは桃三郎だ。

浜の男たちが反応を見せてなにか応えていた。

「桃三郎め、かような芸を持ち合わせておったか」

「平戸島で大黒丸の補給品の調達をやるうちに覚えたものにございましょうかな」

稲平が推測して言った。

さらに言葉が交わされた。

浜の男たちの表情が和らいだ。どうやら話が通じたようだ。奥の密林に姿を隠していた女たちも戻ってきた。

「総兵衛様の推測どおりここはホアンサ島、唐人の呼ぶ西沙諸島にございましたぞ。どうやらわれらを倭寇と間違えて怯えたようにございます」

桃三郎が叫び返した。

「桃三郎、倭寇ではない、商人だと申せ。上陸してよいかどうかも尋ねてみよ」

頷いた桃三郎が浜に向かってさらに叫んだ。すると顎が上下して許しが出た。

二隻の伝馬は珊瑚礁の入り江を抜けて、岩だらけの浜に接岸した。すると手に手に青龍刀（せいりゅうとう）や矛を持った男女が総兵衛たちの周りに集まってきた。

異国の言葉でなにやら話し合いをしていた。それは桃三郎にも理解できない方言のようだった。

入り江に停泊する唐人船は四隻、浜にいる男女は二十数人ほどだ。四隻の帆船（ジャンク）の乗員にしても少なかった。唐人船は想像もできないほどの人間を乗せているものだ。家族連れの場合もあった。

「桃三郎、どこから来たか、尋ねてみよ」

総兵衛の命に桃三郎が再び問うと、

「海南島」

の答えが帰ってきた。

「この島でなにをしておる」

この問いには、

「交易に出た仲間の船と待ち合わせている」

という答えであった。

「われらは交趾（こうち）のツロンに行きたいが、どれほどの時間を要するな」

この問いに沖合いに泊まる大黒丸に視線が向けられ、指が一本、さらに二本立てられ、

「一日二日の距離」

であることが示されたようだ。

「この島に水はあるか」

総兵衛の問いには、

「水も食料もない」

との答えだった。

総兵衛は交趾で交易ができるかどうか桃三郎に尋ねさせた。すると相手方から、

「日本の朱印船が交易にきたか」

と訊いてきた。

「われらは朱印船ではない。そなたらのように自由に交易がしたいと望む商人だ」

唐人たちが頷き、

「交趾の港には阿蘭陀（オランダ）、西班牙（イスパニア）、英国（エゲレス）など南蛮船が立ち寄るゆえ、交易はできよう。だが、安南政庁に税を納めねばならぬ」

「税とな、高いか安いか」

「南蛮人が支払うほどだ、大した額ではない」

と答えが返ってきた。

総兵衛はさらに桃三郎にいろいろと訊かせたが、唐人たちはそれ以上細かいことは知らなかった。

「よし、引き上げようか」

総兵衛は稲平に伝馬の引き上げを命じた。

唐人たちは総兵衛たちが夕暮れの中、沖合いの母船に引き上げる光景をいつまでも見送っていた。

そのとき、総兵衛はぞくりとするような殺気を感じていた。浜では感じられなかったものだ。

「総兵衛様、ホアンサ島に辿（たど）りついたことを確かめられたのは収穫でしたな」

「稲平、収穫は桃三郎よ」

と答えた総兵衛が並べかけた伝馬の桃三郎に、

「桃三郎、平戸島で異国の言葉を覚えたか」

「平戸島には阿蘭陀語の通事の家系やら唐通事たちが住んでおりました。その者たちから習い覚えたのでございます」

平戸島には阿蘭陀商館が島原の乱の後、寛永十八年（一六四一）まで設置されていたが、幕府の命で長崎へと移されていた。

だが、平戸島は南蛮交易で栄えてきた名残りを今にわずかながら留めていたのだ。

総兵衛は大黒丸が琉球通いするための中継湊として平戸島を考え、仕入れ方の桃三郎を大黒丸完成に先立ち、派遣していた。

桃三郎はその機会を使って異国の言葉を習い覚えたのだ。

「桃三郎、ようやってくれた。そなたをこたびの航海から通事方に就かせようぞ」

桃三郎がうれしそうな顔で、

「総兵衛様、なんとか半分ほど話が分かり合える程度の言葉にございますが、せいぜいこれからも心がけて勉強いたします」

と承知した。

「桃三郎、おれの船室には箕之吉らが長崎から買い求めてきた書物がある、今後のそなたの役に立つように目を通しておけ」

「畏(かしこ)まりました」

と桃三郎が承知し、箕之吉が、

「主船頭に通事をしろと命じられましたとき、どうしようかと思いましたよ。真(まこと)にもって申し訳ないことにございました」

と、ほっとした表情を見せたものだ。

「箕之吉、そなたは船大工の腕で十分に貢献しておるわ」

と答えた総兵衛が、

「箕之吉、異国の浜には大黒丸のような大船が近づけぬところが多くあろう。その折、伝馬を頼りに偵察に出たり、用足しに上陸したりせねばなるまい。伝馬が不意をつかれて襲われることがあるやも知れぬ。もっと機敏に動けるようにな、また不意打ちをくらっても直(す)ぐに防御ができるような伝馬に改装してくれぬか」

「そのことなればお任せください」

と胸を叩いたとき、二隻の伝馬は大黒丸の船腹に戻りついていた。

「忠太郎、やはりホアンサ島であったぞ」

「となれば、今晩はこの沖に停泊して明朝の出船にございますな」

「そんなところか。忠太郎、明日からの行程を話し合っておこうか。客之間に幹部を集めよ、通事方に命じたばかりの桃三郎も加えよ」

と忠太郎に桃三郎の隠されていた才能ぶりを話した。

「桃三郎がそのようなことを。総兵衛様、片言でも異国の言葉が分かる者がいるのはなんとも心強いことにございますな」

直ちに又三郎、稲平、新造、正吉、錠吉ら幹部と通事方に就任したばかりの桃三郎が客之間に呼ばれ、話し合いは一刻半(三時間)ほど続いた。

客之間の扉が開かれたとき、大黒丸は満天の星の下にいた。

夕餉の時刻はすでに過ぎていたが、話し合いが終わるのを全員が待っていた。

「ちと遅くなったな」

主船頭の命でようやく夕餉になった。

炊方（かしきかた）の彦次と竜次郎が工夫した夕餉はホアンサ島の停泊地で釣りあげた魚を使った浜鍋（はまなべ）であった。

その鍋には野菜屑（くず）すら浮いていなかった。平戸島で積みこんだ野菜などはとっくの昔に使い果たしていた。

総兵衛の言葉に彦次が、

「おれたちの苦労は大したことはございませんよ。毎日毎日魚ばかりの浜鍋では総兵衛様方が飽きておられよう」

「飽きておると申しても、生きておるだけ有難いと思わねばな」

夕餉の後、大黒丸では早々と明かりが消され、常夜灯だけになった。

だが、主船頭の忠太郎は交替で見張りを立たせ、監視に当たらせた。

月が大黒丸の真上に差しかかった刻限、二隻の帆船（ジャンク）が大黒丸に忍び寄ってきた。船上には武装した唐人の海賊が乗りこんでいた。

総兵衛らが浜に上陸したとき、彼らはホアンサ島の奥にある洞窟（どうくつ）に戦利品を運んでいて、留守だったのだ。それらの者たちが夕暮れに戻ってきて、密林の陰から総兵衛らの様子を窺っていた。

「総兵衛様、参りましたぞ」

稲平が客之間に眠る総兵衛を起こした。

「やはり来おったか。仲間の船と待ち合わせておると申したが、なあに海賊船め、われらを油断させようと主力の男たちを密林の中に隠れ潜ませておったのかもしれぬて」

「すでに総員配置についております」

「忠太郎に申せ。打ち合わせどおりに脅す程度に留めておけとな」

「畏まりました」

稲平が客之間から去った後、総兵衛は悠然と寝巻きを小袖に着替え、鳶沢一族の頭領の象徴たる三池典太光世を腰に差した。

その上に背に雷神を染めだした大半纏を羽織った。

総兵衛は艫櫓の下の客之間を出ると馴染みの舳先へと向かった。甲板上にはすでに一族の者が配置についていたが、ひっそりとして気配も見せなかった。

総兵衛は舳先に立ち、ホアンサ島の方角を見た。すると浜と大黒丸の間に二隻の小型帆船が漂い、それがゆっくりと大黒丸へと接近してきた。

距離が半丁（約五五メートル）を切った。

だが、艫櫓の忠太郎からは命が発せられなかった。

さらに十数間まで海賊船は迫ってきた。

鉄砲を構え、青龍刀や槍（やり）、矛を手にした海賊たちが息を潜めて大黒丸の船腹に接舷（せつげん）する瞬間を待っていた。

海賊の頭目が立ちあがった瞬間、大黒丸の艫櫓と舳先から強盗提灯（がんどうちょうちん）の明かりが二隻の海賊船に照らしつけられた。

あいっ！

悲鳴とも叫びともつかぬ声が海賊船からあがった。

桃三郎が唐人の言葉で、

「待っておったぞ！」

と叫んだ。

海賊の頭目が何事か喚（わめ）き、強引に大黒丸へ接近しようとした。

それまで覆（おお）いで隠されていた軽砲が姿を見せて、砲身が海へと突きだされた。

海賊たちが大砲の出現に慌てた。

その騒乱に輪をかけるように軽砲が一発、二発と発射された。

砲弾は二隻の小型帆船のかたわらの海上に撃ちこまれて、海賊の帆船を大きく揺らした。

悲鳴と絶叫が海賊船からあがった。

大黒丸に明かりが入り、鉄砲や槍を構えた鳶沢一族の面々が立ちあがった。

すると二隻の海賊船は慌てて、ホアンサ島の入り江へと逃げ戻っていった。

二

安土桃山から江戸時代の初めの百年、世界は大きく進展して、

「商いの時代」

を迎えていた。

南太平洋沿岸からインドシナ半島海域では二つの海の交易路が活発になっていた。

一つは日本が南蛮と呼んだ欧羅巴（ヨーロッパ）から印度（インド）を経て、太平洋に向かうもので、最初は葡萄牙（ポルトガル）と西班牙（イスパニア）商人が開拓し、阿蘭陀、英国、仏蘭西（フランス）国が続いた。もう一つは反対に日本から中国、台湾沿岸を南下して、安南（ベトナム）国から暹羅（シャム）に抜ける海路で、唐人船、日本の朱印船、東インド会社に属する阿蘭陀船が利用した。

日本の海外交易の発展は、豊臣秀吉の朱印状発行策により奨励され、それは徳川幕府初期の朱印船政策でさらに強化された。また薩摩（さつま）藩などでも独自の朱印状を発行して交易を促進していた。

交趾沿岸に最初に姿を見せた日本人は倭寇であった。日本人の海賊、倭寇の活動は大規模で白浜顕貴（しろはまあきたか）のように五隻（せき）の大型船で唐（から）の交易船を強襲して略奪を働いたりした。

ともあれ交趾の主要港に日本の朱印船、倭寇船が進出したのは南蛮諸国の交易船が交趾の海岸地帯を中継基地にしていたからだ。

この朱印交易時代、有馬晴信らの大名、角倉了以（すみのくらりょうい）、茶屋四郎次郎（しろじろう）ら交易商たちが海外に向かって活発に大型船を出帆させた。

これらの大型船には、百人から三百人が乗りこみ、水先案内人や通事として唐人、葡萄牙人、阿蘭陀人らを雇っていたという。

その頃の日本からの主たる交易品は銀、絹、日本刀などの武器であった。そして、朱印船が買い求めた品は、生糸、絹、アロエ、黒砂糖、胡椒(こしょう)、蜂蜜(はちみつ)、鮫皮(さめがわ)などであったという。

だが、寛永十二年（一六三五）、徳川幕府は三回目の鎖国令を出した。

一　日本船の外国渡航禁止。

一　日本人の外国渡航禁止。海外に脱出した者は死罪。

一　海外に滞在した日本人は帰国禁止。禁を破って帰国した者は処刑。

かくて御朱印交易は中止された。

またこれまで平戸や薩摩で行われていた交易を禁じ、長崎湊に限って許可することとし、一部の特権商人だけが交易に携わることになった。

この幕府の鎖国令は、薩摩など西国雄藩奉書船交易を禁じる目的で発布されたのだ。

その結果、海外交易は密貿易へと姿を変えていった。

交趾と日本の交易も唐人船や阿蘭陀の商船を経由したり、密貿易へとかたちを変えて続けられていく。

「総兵衛様」

客之間で唐の書物に目を通していた桃三郎が総兵衛を呼んだ。

そのとき、総兵衛は『大黒丸搭乗記』と名付けた日誌に筆を入れていた。

総兵衛が顔を桃三郎に向けた。

「ツロンにはもしかしたら日本人が残っておるやもしれませぬ」

「寛永以前に渡られた方々か」

「はい、茶屋四郎次郎様分家の茶屋新六郎様が交易に活躍なされた頃、ツロンとホイアン（フェイフォ）には日本人町があって、日本人の頭領が町を支配して交易の周旋をしていたようにございます。その方々の帰国を幕府は鎖国令で禁じられたわけですから、当然、その方々は安南、いえ、交趾に残られたことになる。となるとその子孫の方々が住んでおられる可能性がございます」

「日本に戻れば幕府の厳しい裁きが待っておるのだからな。それを承知で帰るよりは海外にて暮らしを続けることを望んだ人がおられても不思議はあるまい」

「朱印船交易時代の七十余年前にはツロンの日本人町には六十所帯、数百人が住み暮らしていたようにございます」

「なにっ、そのように多い方々がな。もし、寛永の鎖国令の後に日本に密かに帰国されていたのであれば、人の口から口を伝ってわれらの知るところとなろう。だが、さようなことをわれらは与り知らぬからな」

「帰国の道を選ばず、必ずや交趾に止まっておられますよ」

桃三郎が確信を持って言い切った。

「となれば、われらにとって都合のよきことか。楽しみが増えたのう」

桃三郎の推量は艫櫓に立つ忠太郎らにも告げられた。

「総兵衛様、ツロンなる町でわれらは同胞に会うことができますので」

「そうあればよいと願っておるのだがな」

と答えた総兵衛が、

「大黒丸が交趾の海岸に到達いたすのはいつになるな」

「風もこのとおり、順風にございますれば明日の昼近くには陸が見えようかと推測しております」

「どのような町かのう」

総兵衛は大海原の先に南北に長く横たわる交趾を思った。そして、そこに住み暮らすという同胞たちのことを考えた。


翌夜明け、大黒丸の帆柱の上を鳥が悠然と飛んでいた。

それを見た帆前方の正吉が、

「陸地が近いぞ、主船頭さんよ」

と甲板から叫び、

「芳次、二檣楼の見張りに立て！」

と見習の一人に命じた。

「へえっ」

芳次が朝靄をついて前進する大黒丸の主帆柱上にするすると伝いあがっていった。今や乗船した鳶沢一族のだれもが大黒丸のすべてを五体に叩きこんで、どんな作業にも習熟していた。

「芳次よ、西の方角に陸影は見えぬかよう」

正吉の問いに海上から百二十尺余の高さから望遠鏡で確かめた芳次が、

「まだ陸地は見えませんよ」

と叫び返した。

檣楼からの監視は半刻（一時間）おきに交替する慣わしだ。

水平線に朝日が昇り、大黒丸の主帆に描かれた双鳶の家紋を赤く染めだした。

芳次から見張りを受け継いだ綾縄小僧の駒吉は帆柱が大きく左右に揺れるのを心地よく感じながら、すでに高度を上げた日輪を眩しく見ていた。

その時、光の向こうに黒い一筋の線を見た。

雲のかげか、陸地か。明らかに水平線とは異なるものだ。

駒吉は長崎で購入された望遠鏡を目に当てて確かめた。それは南北に長く続く陸影と見えた。

「総兵衛様、忠太郎様、海岸線らしき影が見えましたぞ！」

駒吉の叫び声は大黒丸じゅうに響きわたった。

忠太郎は艫櫓で聞いた。

総兵衛は客之間で駒吉の叫びを耳にして甲板に飛びだした。

「駒吉、陸地が見えたか」

「確かとは見えませぬが水平線ではないようです」

櫓楼から叫び返された。

総兵衛は二番檣に張り巡らされた縄梯子に手をかけてするすると登っていった。

六尺を超える巨体に似合わず、なかなか俊敏な動きであった。

さすがに全速で航海する帆柱上は左右前後に大きく揺れていた。眼下の海を見おろすと酩酊感に襲われた。

「総兵衛様、こちらへ」

百二十尺の高さに設けられた櫓楼はかろうじて一人が立つことができる広さだ。駒吉が鳶沢一族の頭領のためにその場所を空け、自らは縄梯子に体を預けた。

その身軽さはさすがに綾縄小僧だ。

「どうれ」

総兵衛は阿蘭陀製の望遠鏡を駒吉から受け取ると筒先を西に向けた。海が大きくうねって上下し、吐気を誘った。それを我慢して、筒先を安定させると総兵衛の目に黒い陸地が飛びこんできた。

これは雲の影ではなかった。明らかに陸影だった。

「忠太郎、どうやらわれらは交趾の海岸に到達したようだぞ！」

総兵衛の叫び声に、

「昨日の夜明けから走った大黒丸の船足を考えても、そろそろ陸地が見えてよい頃合でございます。まず交趾の海岸線と見て間違いございますまい」

「あと二刻（四時間）もすると肉眼でもはっきり見えようぞ」

総兵衛は帆柱上から降りると艫櫓に向かった。

そこでは夜中じゅう操船方の新造が太陽や星の位置の高度を測る象限儀（クワドランテ）、六分儀（セクスタント）、羅針盤（コンパス）や和磁石などを使い、海図を確かめながら大黒丸の位置を確認していたが、

「総兵衛様、大黒丸はツロンの港よりもだいぶ北に流されているように見受けられます。少しずつ南に進路を変更してまいります」

と進路変更を告げた。

大黒丸の甲板には初めて目にする海外の都を見ようと鳶沢一族の全員が出ていた。

「勇次、まだツロンは見えぬか」

甲板から仲間たちが催促した。

すでに見張りは駒吉から勇次に変わっていた。

「望遠鏡の中では山の影もはっきりとしてきましたよ」

「早く走れ、大黒丸」

皆が陸地に恋い焦がれていた。

「おおっ、見えたぞ！」

舳先に移っていた総兵衛の叫び声に水夫たちが舳先や艫櫓や一番帆柱の横桁に登って、

「交趾に到着したぞ！」

「陸地に上陸できるぞ！」

と言いながら大騒ぎした。

総兵衛は舳先を彼らに譲って艫櫓に戻った。

忠太郎が望遠鏡で陸影を確かめていたが、陸地に沿って航行しろと新造に命じた。

「取り舵！」

舵棒を武次郎が操作して大黒丸は交趾の海岸線に沿って南下していった。

「ツロンよりかなり北に到着したようでございますな」

忠太郎が海図を見た。

「港でもあれば位置を確かめられるのじゃがな」

だが、海岸線は切り立った岩場で港は見えなかった。

「ともあれ入港の支度をさせまする」

忠太郎が一番帆柱上に双鳶の家紋入りの旗を上げさせ、ほら貝を吹かせて、配備につかせた。

全員が両舷側の所定の位置についた。

だが、八門の大砲は隠されたままだ。

さらに陸地がはっきりと見えるようになった。すると大黒丸の姿を認めたか、何本もの櫂を揃えた丸木舟が大黒丸目がけて急速に接近してきた。

桃三郎が接近する舟に叫びかけた。すると向こうもなにかを叫び返してきた。

丸木舟は大黒丸の右舷に併走していく。

乗っているのは白い腰布を巻きつけただけの男たちで、手に剣や弓矢を携えていた。そして、その面付きはいかにもふてぶてしかった。

桃三郎と丸木舟の間にさらに言葉が交わされ、

「フエなる都の沖合いにいるようにございます。ツロンはさらに四十六海里ほど南に下ったところにて、大きな入り江になっているようにございます」

「あの者たちはなにしに参ったな」

「交易をしたいと申しておりますが、見てのとおり怪しげな風体にございます」

「触らぬ神に祟りなしじゃぞ。忠太郎、ツロンを目指そうか」

大黒丸は一気に船足を上げて、丸木舟を置き去りにした。すると丸木舟から悪態と思える言葉が投げつけられた。

数刻後、大黒丸は岬を回りこんだ。すると穏やかな湾が視界に広がり、何十隻もの南蛮商船やら唐人船が停泊する港が見えた。

「ツロンにございますな」

忠太郎が主船頭の役目を果たした安堵(あんど)を顔に見せた。

湾の向こうにかなり大きな港が見えて、さらに町並みが広がっていた。

「一番檣(しょう)、三番檣を降ろせ」

忠太郎の命に素早く帆前方が反応して、三段帆が降ろされた。すると大黒丸の船足がゆっくりとしたものになった。

舳先から測深錘(つるべ)が下され、湾内の深さが測られた。

「二番檣、縮帆せよ」

主帆の縮帆が命じられ、大黒丸は惰力だけで港へとゆっくりと進んだ。が、港口の船着場から数丁手前で完全に停船した。

大黒丸の入港を南蛮商船や唐人船から大勢の人々が見ていた。

「われらの姿が珍しいと思えますな」

大黒丸の左舷に停泊していた阿蘭陀商船から奇妙な日本語で呼びかけられた。

「コンバンワ」

阿蘭陀商船には通事として唐人が乗船しているようだ。

「どこから来たか」

「江戸から参った」

桃三郎が叫び返した。

「なにしに来られたか」

「われらは交易に参った」

「朱印船か」

「そうではない。江戸の商人、大黒屋の持ち船じゃぞ」

「交趾の交易を承知か」

「初めてゆえ知らぬ」

と答えた桃三郎が、

「ツロンには和人町があったそうだが、今も住んでおられるか」

「さてそれはわれらも知らぬ」

大黒丸目がけて、三隻の引き舟が漕ぎ寄せてきた。

その舟には小旗が上げられていた。

「あの舟はなにか」

「安南政庁の港役人支配下の引き舟だぞ、通商をするには安南政庁の役人に積荷を調べさせねばならぬのよ」

引き舟から大黒丸に向かって引き綱が投げられ、手真似で舳先に結びつけろと命じられた。

「郷に入れば郷に従うしかあるまい」

「総兵衛様、積荷の品書きを用意させますか」

「そう致せ」

又三郎が航海中、嵐と海戦で紛失した積荷を除いた書付を新たに作成していた。それを用意するかと総兵衛に訊いてきた。

「役人が積荷を見たいと申せば隈なく船倉を見せよ。それと役人どのへの贈り物を用意せえ」

総兵衛の命に又三郎が客之間へと下りていった。

その間に三本の綱が大黒丸に結ばれ、櫂が揃えられて大黒丸の巨体が再びゆっくりと港の奥へと移動していった。

その様子を南蛮商船も唐人船も関心を持って眺めていた。

大黒丸は町がすぐ目の前に見える船着場の沖に停船させられた。すぐに港役人と思しき二人連れが大黒丸に上がってきた。一人は通事のようだ。応対するのは助船頭の又三郎と通事方の桃三郎だ。

「忠太郎、調べが終わった役人どのを客之間に案内せえ」

総兵衛が命じて、艫櫓から客之間に戻った。

安南政庁の港役人の積荷検査は一刻ほどで終わった。大黒丸の積荷を詳しく調べるには一日でも終わらないだろう。

忠太郎と又三郎が港役人と唐人の通事を伴ってきた。

客之間では彦次が乏しい食材で腕を振るった料理と酒が用意されていた。そして、そのかたわらには黄金色に輝く小判が三方に積まれて輝いていた。

港役人の目がちらりと小判を見た。

港役人がなにかを言い、相手方の通事がそれを唐人の言葉に訳した。それを桃三郎が日本語に直した。

「ツロンの寄航、歓迎すると申しております」

「われらはこの航海を皮切りに定期的に交趾での交易を考えておる、手助けをお願いしたいと申せ」

総兵衛の言葉が相手に伝えられると、相手方から、

「荷下し許可を得ねば当地での交易は許されぬ。それにはいくつかの条件がある……」

第一に積荷の一部を元値で安南政庁府に引き渡す事。

第二に交易代金の一割を税として安南政庁府に渡す事。

その結果、大黒丸は交趾領内に四か月の滞在を許される事。

と条件が持ちだされた。

桃三郎が即座に返答するかどうか総兵衛の顔を見た。

「われらは長い航海の後に到着したばかりである。検討の時間を下されと申せ」

と命じた総兵衛は自ら徳利を手にすると港役人の盃(さかずき)に酒を満たした。

一刻後、二人は千鳥足で大黒丸の甲板を歩いて、危なっかしい様子で縄梯子を降りると迎えの舟に乗った。

満足そうな港役人と通事の懐にはそれぞれ小判が五枚と三枚入っていた。

「明日、またお会いしよう」

総兵衛の別れの挨拶に二人が大きく手を振って応えた。

三

深夜、寝静まった異郷の都ツロンの通りをざっくりとした小袖を着た、大きな影が独りいく。

大黒屋総兵衛は、三池典太光世を腰に差し落としただけの姿だ。

犬が徘徊者の影に怯えたように鳴いた。

港から高台の町並みに入り、大きな門構えの屋敷前で総兵衛は足を止めた。

ツロンでも名家のグェン家だ。

グェン家の当主は代々安南政庁の総兵使の職にあった。

総兵衛は閉じられた大戸の傍らの通用口を押した。すると静かに戸が動いた。

一歩中に踏み入った総兵衛の鼻腔に芳しい香りが漂い匂った。

「ようおいでなされました」

ゆったりとした抑揚の日本語であった。

月明かりに異国の絹衣(アオザイ)を身に纏(まと)った若い女が立っているのが見えた。うつむき加減の細面(ほそおもて)は楚々(そそ)として、長身の姿態はしなやかな風に揺れる柳の若枝を思わせた。

「ご家人かな」

「ソヒと申します。祖父と父のもとへ案内いたします」

「願いましょうか」

ソヒと名乗った娘に案内されて、総兵衛は南国の植物が植えられた広々とした庭園を進んでいった。

大股(おおまた)で歩く姿は堂々として、長い足が前に進むたびに白いアオザイが翻(ひるがえ)った。

じっとりと蒸し暑い夜だが、ソヒの体から漂う香りは清々(すがすが)しいものであった。

日が落ちた大黒丸に密(ひそ)かに小舟が着けられて、文が投げこまれていった。

日本語の文字で書かれた総兵衛への招き状と地図であった。

文に指定されたとおり、総兵衛は夜半にツロンに上陸して地図を頼りにグェン家を訪ねたのだ。

安南には朱印交易時代に住み着いた日本人がいた。

だが、寛永十二年の第三次鎖国令で帰国の道が断たれた。安南の諸都市にいた日本人たちは異郷に骨を埋めるしか道は残されていなかった。だが、その人々の末裔たちが今も交易に携わりつつ暮らしていても不思議ではなかった。

グエン家の招待がその実態を明かしてくれるのか。

暗く沈んだ母屋を回ると離れ屋が目に入った。

そこには赤々と明かりが点され、二人の男が待ち受けていた。

一人は異郷の衣服を纏っていたが、老人は夏羽織と袴に身を正して、脇差を差し、頭には髷を置いていた。

それはこの家の主が武士であったことを示していた。

ソヒが異国の言葉でなにかを告げた。すると四十二、三歳と思える男が労いの言葉でも返したように見えた。

ソヒの父親だろう。

老人が総兵衛をじっと見詰めていたが、

「ようはるばる遠国まで参られたな」

と侍言葉をかけてきた。

「お招きにより参上しました。江戸は日本橋富沢町の古着問屋、大黒屋総兵衛にございます」

頷いた老人が、

「ツロンの港に和船が碇を下ろすのは何十年ぶりになるか」

「父上、私が四、五歳のころのことにございました」

親子が昔を懐かしむかのように話し合った。

「挨拶が後先になりましたな。われらの先祖は西国のさる大名家に仕えた者にございましてな、今坂理右衛門をこの地でも名乗って参りました。身どもで理右衛門は六代、この倅で七代目にござる」

総兵衛はあっさりとツロンに残された日本人の末裔に面会したことになる。

「グェンと姓を名乗っておられるようですが、この地での姓にございますな」

「さよう、私はグェン・ヴァン・ファン、倅はグェン・ヴァン・タムと申して、この地を支配する安南政庁に仕えております。まあ、異郷で生き抜くためには二つ名も致し方なき方便でな」

と笑った老人は、総兵衛を離れ屋に招じた。

そこには異郷の色彩と香りと植物が溢れて、南国の木の下に鳥籠が吊るされ、色鮮やかな鳥が飼われていた。

「ささっ、どうぞお座りくだされ」

頷いた総兵衛は三池典太光世を腰から抜くと籐の椅子の肘掛けに立てかけ、自らはその椅子に座った。

倅がぎやまんの器に入った酒を三つの酒器に注ぎ分けた。臙脂色をした酒精は葡萄で造られる南蛮の酒だ。

「グェン家にようこそ」

老人が音頭をとり、三人は盃を干した。

総兵衛の喉に遠く葡萄牙からきた酒が落ちていった。

「大黒屋どの、率直にお訊き申す。貴殿は朱印を持参して交易に参られたか」

「大人、徳川幕府は未だ寛永十二年に発した鎖国令で、海外への渡航と海外からの日本人の帰国を禁じたままにございます」

親子が頷き、老人が訊いた。

「となれば、大黒屋どのは幕府の禁じた布告に反して異郷に出られたか」

「ちと長き話になりますが聞いていただけますか」

総兵衛はグェン家の門を潜ったときから、安南を交易の中継基地、根拠地にするには、この屋敷の当主の協力なしには立ちゆかぬと直感していた。二人に面会した瞬間、大黒屋の商いから大黒丸を建造した経緯など差しさわりなき程度に話して理解を求めるべきと決心していた。

老人が頷き、倅が新たな酒を注いだ。

「私めの先祖は江戸幕府開闢の時以来、富沢町にて古着商を許されてきました。私で六代目にございます……」

総兵衛は江戸での古着屋稼業、大黒丸の建造、さらには琉球に出店を出した経緯などを話した。

「こたびの航海は琉球への渡航にございました」

と総兵衛はあくまで大黒丸が琉球への商いの旅であったと告げた。

「琉球に到着する直前、南蛮帆船カディス号と唐の海賊船に襲撃を受けまして、砲撃戦を繰り返し、カディス号、大黒丸の二隻ともに操船不能になるほどの被害を受けてございます」

親子が驚愕の表情を見せ、二人は異国の言葉で短く話し合った。

総兵衛は話を続けた。

「大黒丸は舵を破壊され、帆柱を倒されて、漂流するうちに嵐にも遭遇し、南へ南へと流された末にホアンサ島の北に浮かぶ孤島に漂着しました」

「なんとご苦労をなされたな。で、どうなされた」

「かの島でおよそ半年滞在し、船の修理を行いましてございます」

「貴殿ら自身で船の修理をなされたというか」

「はい。大黒丸を建造するにあたり、長崎に奉公人と船大工を差し向けまして、南蛮船の勉強をさせておりましたゆえに造船の技前を習得した者が乗り組んでおります」

「なんと用意周到なことよ」

「グェン大人、この総兵衛が琉球に出店を開いたのには理由がございました。幕府の方針とはいえ、鎖国を続けていくうちに日本は他国の進歩から大きく遅れをとってしまいました」

老人と倅が大きく首肯した。

「一旦、危急存亡の折に関ヶ原の武器や兵法では異国の武力に太刀打ちできませぬ」

二人がさらに頷く。

「われらは禁を破ってでも海外との交易を続け、新しい技や武器を知り、万が一の時に役に立つことを考えたのでございます。それも徳川様の御代に生きる商人の忠義かと考えましてございます」

「大黒屋どの、貴殿、一介の商人とも思えぬな」

老人の目が総兵衛のかたわらに立てられた三池典太光世にいった。

「大人、古着商いには昔から諸々の情報が付いて回りましてな、世界が広大無辺ということだけは承知にございますよ」

総兵衛は当たり障りのない答えをした。

「ともあれ、われらが漂着した島が安南近くと推測をつけたとき、われらは琉球に戻るよりは、南へと進路を取ろうとこのツロン寄港を選んだのでございます」

「貴殿はわれらの招待に驚いた風もなかったそうな」

「安南の各地に寛永以前に渡来した方々の末裔が生きておられることは容易に推測が付きましたゆえにな」

「ほう、われらのことを忘れずにいた同胞がいたとは」

老人の瞳（ひとみ）が感激に潤（うる）んだように思えた。

倅のヴァン・タムが異国の言葉で父親に話しかけた。頷いた老人が、

「貴殿らが戦った南蛮の海賊船、カディス号はこの一帯ではあまりにも有名な海賊船にござる。その船と互角に戦いをなされた、それだけでも貴殿がただの古着商人とは思えませぬな」

老人が笑いかけ、

「カディス号は五か月も前にツロンに寄港しておりました」

と告げた。

「やはりかの船も健在にございましたか」

「ただ今は暹羅（シャム）国に滞在して大修繕の最中にござろう」

総兵衛は大黒丸よりも強固な装甲と装備と推進力を持つ南蛮型の大型帆船が沈没したとは考えていなかった。

「となれば大黒丸と再び相見(あいまみ)えることもございましょう」

「総兵衛どの、船長のドン・ロドリゴは不敗の戦人(いくさびと)にござる。砲撃戦を行い、互いが操船不能になったなど、あの者にとって受け入れ難き屈辱にござろう」

「大人、海は広うございます。カディス号と再び遭遇したときはしたとき、われらはただ全力を尽くして戦うのみにございます」

老人と倅が総兵衛の淡々とした答えを驚きの目で受け止めていた。

「未(いま)だわが国にもかようにも肚(はら)のすわった御仁がおられましたか。それが商人とは、侍はお上に野心も志も抜き取られたか」

グェン大人が嘆くと、

「さてと、貴殿はなんぞわれらの手助けを必要としておられますかな」

総兵衛は酒器を取りあげた。

「ございます」

「申されよ。われら親子ができることとなれば、なんなりとお手伝いいたそう」

総兵衛は頷くと赤い酒を口に含んだ。

「大人、倅どの、われら、こたびだけの交易に参ったのではございませぬ。この航海を皮切りに定期的に異国との商いを続ける道を探りとうござる。そのためここ交趾を立ち寄り港と致しとうございます」

「自由な交易を望んでこられた」

「そのとおりにございます」

「貴殿の店は日本橋富沢町と申されたな。将軍家のお住いの御城近くで商いをなさる方が鎖国の禁令を破り、大船を異国に定期的に出されるというか。それが許されるというか」

「大人、われらがお上のだれぞと繋(つな)がりを持つかという問いなれば、一切ございません」

「後(うし)ろ楯(だて)もなく、いかにも大胆な行動かな」

「先にも申しあげました。商人は優れた品や技を売り買いするものにございます。幕府の鎖国令を遵守(じゅんしゅ)してこのまま放置すれば、異国が日本の海岸に押し寄せたとき、手も足も出ますまい。その愚だけは避けたい」

「商人が考えることではないな」

「ご迷惑なればこのまま御暇してもよろしい」

「だれが迷惑と申しましたな」

と笑みを湛えた顔を総兵衛に向けたまま、老人が、

「こたびの荷、どうなさる気か」

と踏みこんできた。

「この地の習わしに従い、売り買いしとうございます」

「安南政庁に税を支払われ、交易をしたいと申されるのだな」

「いかにも」

「積荷はなんにございますな」

「大人、私の口から申すより明日にも船に参られませぬか」

頷いた老人が、

「貴殿の船がツロンに入国したこと、すでにわれらは届けを受け止めてござる。明日、港役人を引き連れて、大黒丸の積荷検査を改めて行います」

今坂老人は安南政庁の高官であることを明示した。寄港のときの積荷検査は

本式の検査ではなかったようだ。

「総兵衛どの、あなたは交趾の交易の決まりをご存じか」

いつしか呼びかけが貴殿からあなたに変っていた。

「一部の積荷を元値にて役人どのに引き渡すこと。売買に従い、当該の税を納めることの二点にございましたな」

「さよう、その二点にござる。なれど、新しく交易を求める船に対しては厳しい税率を課すのが安南政庁の仕来り(しきたり)にござる」

「厳しい税率と申されるといくらにございますな」

「尋ねられぬほうがよろしい」

老人が笑うと、

「税率の問題はさておき積荷の大半をツロンで売り払ってもよいのですかな」

「構いませぬ」

「あなた方がお買いになりたい品はなんでござろうかな」

「各種布地、生糸、綿糸、絹、金襴(きんらん)、それに薬用人参(にんじん)、山帰来(さんきらい)、桔梗(ききょう)、肉桂(にっけい)など漢方薬、黒砂糖、胡椒(こしょう)、蜂蜜(はちみつ)、鮫皮(さめがわ)、犀(さい)の角、鼈甲(べっこう)などなど、山ほどございます」

老人は黙って頷く。

「その他には」

「南蛮の最新の大砲数門、鉄砲、短筒、火薬」

老人がにたりと笑った。

「大黒屋総兵衛どのはやはりただの商人ではなさそうだ」

「大人、倅どの、一つだけこの総兵衛が約定しておくことがございます」

「なにかな」

「われらはこの国の習わしと約定に従い、交易を求め、それを厳守いたします。われらがほうから約定を破り、大人方に迷惑をかける気はいささかもございませぬ。それだけにございます」

「明日、大黒丸を訪ねよう」

頭を軽く下げて了解した総兵衛は悠然と立ちあがった。

ソヒに見送られた総兵衛はグェン家の門を出た。

月は大きく西空に傾いていた。

すでに八つ半（午前三時頃）を回った刻限か。

総兵衛は今坂親子との対面を思い出しながら港へと向かっていく。

通りに姿を見せた痩せ犬が総兵衛に向かって吠えた。だが、近づく様子はない。

今坂理右衛門ことグェン家の当主は、

「安南政庁の高官」

であると同時に、

「ツロンの有力者であり、交易商人」

でもある人物と思えた。

寛永以前からこの地に根を張ってきた今坂家が今も交易商人として力をどの程度保持しているか、それによって大黒丸の今後の行動が決まった。

（すべては明日のことよ）

総兵衛はそう肚を固めた。

即かず離れず吠えながら従ってきた犬が急に静かになった。

殺気が異郷の通りに押し寄せてきた。

総兵衛はそれを知りながらも足を緩めることはなかった。ただ悠然と月光に照らされながら歩を進めた。

総兵衛の背後から弓箭(きゅうせん)の音が響いた。

総兵衛の五体が優雅にも舞った。

いつの間に抜かれたか三池典太光世が夜気を切り裂いて飛来する矢を切り払った。

矢は三筋、四筋と切り払われて地面に落ちた。

弓弦(ゆづる)の音が絶えた。すると総兵衛の前後を囲むように安南人と思える剽悍(ひょうかん)な男たちがしなりの利(き)いた刀やら十字槍(やり)を手に姿を見せた。

初めて訪れた異郷の地に敵を迎える覚えはなかった。

「大黒屋総兵衛と申す者じゃが、人違いではないか」

総兵衛の問いかけが通じぬのか、無言のままに包囲陣が縮まった。

その数、およそ十五、六人ほどか。

総兵衛はだれが頭目か、包囲陣を眺め渡した。

どうやら頭目はこの中にはいないようだと推測をつけたとき、包囲陣の輪がさらに縮まって、長衣の男たちが一気に総兵衛に襲いかかろうとした。総兵衛の長身が風に舞う能楽師のように動いた。それは異国のじっとりと蒸し暑い夜気に同化して、襲いかかる襲撃者の刃の下に自ら入りこんだ。総兵衛のもう一つの貌、戦国往来の剣技、祖伝夢想流の伝承者は、独創の秘剣、

「落花流水剣」

の遣い手だった。

一見、緩やかに見えた動きで死地に自ら入りこんだ総兵衛に襲撃者たちが襲いかかった。

だが、六尺を超える巨軀が軽やかに舞いつづけて、典太光世が一閃さらに一閃されるとどこをどう斬られたか、ばたばたと襲撃者たちが倒れていった。

包囲の輪が一瞬にして崩れた。

刺客たちに驚きが走り、態勢を立て直そうと後退したとき、襲撃者たちが包囲されていることに気づかされた。

異国の通りの暗がりから鳶沢一族の面々が姿を見せた。

その手には鉄砲やら弓が構えられていた。

さらに闇(やみ)の奥から異国の言葉が発せられて、総兵衛を襲った襲撃者たちは鳶沢一族がわざと逃げ道を空けておいた方角へとするすると退き、姿を消した。

「風神、ご苦労じゃな」

鳶沢一族の戦士の風神の又三郎に労(ねぎら)いの言葉をかけた総兵衛は典太光世に血振りをくれると鞘(さや)に収めた。

四

大黒丸はツロン港の船着場前に停泊していた。最初に姿を見せた港役人もグエン親子の訪れもなかった。

大黒丸を囲んでいるのは何隻(せき)もの物売り舟だ。

菅笠(すげがさ)を被(かぶ)った老婆(ろうば)らが半ば沈みかけた小舟の艫(とも)にぺたりと座って、陽光に焼けた、皺(しわ)だらけの顔を向け、船上に向かって口々に叫ぶ。

炊方見習の竜次郎が親方の彦次に、

「見たこともない野菜や果実ばかりですね」

と舷側から興味津々に見おろす。

色鮮やかな野菜も果実も何か月も野菜不足に悩まされてきた炊方の二人には、喉から手が出るほどほしいものばかりだ。二人には南国の日差しに照らされた野菜や果実はなんとも瑞々しく美味しそうに思えた。

「われらが知らぬ菜ばかりだが、使ってみたいな」

彦次は主船頭の忠太郎に許しを請いにいった。

忠太郎が安南政庁の許しを得た後でないと土地の者との接触は一切してはならぬと禁じていた。

彦次が艫櫓に上がってきたのを見て、又三郎が、

「彦次の父つぁん、あの菜が欲しくなったか」

「駄目かねえ」

「主船頭とも話したが物売りから菜を買うくらい差し障りはあるまいと決めたところだ。長いこと青物を食べておらぬからな、なんとも美味そうに見える」

又三郎の答えに、

「昼餉(ひるげ)が楽しくなるぞ、待っておれ」

と彦次が喜びを満面に浮かべ、

「だが、助船頭、代価をどうしたらいい」

と訊(き)いた。

大黒丸には異郷の金や銀、銅を積んでいたが、交易を認められないうちから使うことは許されていなかった。

それに昨夜、総兵衛が襲われていた。

この地にいかなる敵が潜んで、大黒丸の交易を邪魔しようと待ち受けているかしれないのだ。

「江戸の銭では物は買えまいな」

と困った顔の助船頭に忠太郎が言った。

「又三郎、総兵衛様にお訊きして、荷の古着を一、二枚、代価代わりに使わせてもらえ」

又三郎と彦次の二人が客之間に向かった。

事情を聞いた総兵衛は即座に許しを与えた。

「又三郎、交易の品だが、団扇、傘などを積んでおったな。あれらで野菜と交換できぬか」

「それなれば、嵐で潮を被った衣類や雑貨をたくさん残してございますよ」

「おうっ、それは交易にも差しさわりが出ぬな、それを使ってみよ」

又三郎と彦次が張り切って客之間を出ていき、総兵衛も頃合を見て甲板に出てみた。すると小舟まで降りた彦次と物売りの老婆らが互いの言葉と手真似で激しくやりあっていた。

なんとか物々交換で菜や果実を購えるようだ。

長い駆け引きが繰り返され、物売りに衣類や雑貨が渡された。引き換えに香草やら名も知れぬ野菜や果実が大籠二杯ほど甲板に運びあげられた。

その様子を見た別の物売りたちの小舟も寄ってきて、大黒丸に群がった。

再び異郷の言葉が飛び交い、彦次は汗だくになって魚と肉と香辛料を選び、衣類と交換に仕入れた。

「総兵衛様、物を買うにも大汗をかきますぞ。異国とはなんともおもしろきところにございますな」

　甲板に上がってきた彦次が総兵衛に言いかけた。

「あとはそなたの腕次第じゃな」

「お任せくだされ。先の航海にて異国の材と香辛料を使い、いろいろと作りましたからな」

　彦次は大黒丸の一度目の航海で琉球から唐（もろこし）の青島（チンタオ）付近へと商い旅に同行していた。

「楽しみじゃな」

　ひと騒ぎが終わって半刻（はんとき）後、炊部屋から美味しそうな匂（にお）いが漂ってきた。

　昼の刻限、まず総兵衛の控える客之間に料理が運ばれてきた。

　大鉢に盛られた肉と野菜の煮物など総兵衛たちがこの数か月、口にしたこともないものばかりだ。

　同席したのは主船頭忠太郎、助船頭又三郎の二人だ。

「交趾の野菜は唐ものに比べてもさらに匂いがきつうございますな」

　忠太郎が鼻をくんくんと鳴らした。

「主船頭、香辛料を使ってみたが、かえって香りが立ったようだ」

彦次は孤島暮らしの間の調理にあれこれと工夫を加えて、総兵衛らが飽きないように工夫を重ねていた。さらに先の航海の経験と相まって交趾の菜や果実を使った独創の料理を作っていた。

「忠太郎、食してみようではないか」

総兵衛が大鉢から取り皿に取り分けて、箸をつけた。

三人の目が総兵衛に集まり、

「うーん、なかなか」

などと総兵衛が唸りながら試食した。

「総兵衛様、いかがにございますな」

心配顔の彦次が訊いた。

にっこりと笑った総兵衛が、

「美味い」

と叫んだ。

彦次が莞爾と笑い、

「肉はちと固いが野菜と香料が合ってなんとも美味だぞ。忠太郎、又三郎、食してみよ」

二人が箸を動かして、

「おおっ、これはなかなかの味だな」

「久しぶりの菜の美味しいこと」

と口々に言い合った。

大黒丸の乗組員たちが満足の昼餉を終わっても大黒丸には訪問者は現れなかった。

総兵衛は昼餉の後も客之間に籠(こも)り、航海日誌を記して過ごした。

南国の陽光が傾き始めた刻限、駒吉が客之間を訪れた。

「総兵衛様、笛太鼓の調べが聞こえませぬか」

総兵衛が耳をすますと遠くから異郷の調べが近づいてくるのに気づいた。

「どうやら安南政庁のお役人のお出ましにございますぞ」

「よし」

と答えた総兵衛は、

「主船頭にかねての手筈どおりにお迎えせよと伝えよ」

と命じた。

「畏まりました」

総兵衛は、小袖を脱ぎ捨てると夏仕立ての羽織袴に威儀を正した。腰に三池典太光世と普段は差さない脇差を添えて、客之間から出た。

港の方角を見ると二隻の船が櫂を揃えて大黒丸に接近してきた。楽隊を伴った船にはこちらも安南政庁の高官たちが帽子を被り、正装して乗船していた。

船から何流も掲げられた極彩色の横旗が南国の日差しに照らされて棚引いていた。

総兵衛は船の中央に今坂理右衛門ことグェン・ヴァン・ファンと倅のヴァン・タムの姿があるのを認めた。さらに二隻目の船には大黒丸で接待を受けた港役人の姿もあった。

だが、グェン親子のきらびやかな帽子や衣装は、二人が一番身分の高い人物であることを示していた。

大黒丸の乗り組みの一同も主船頭以下、鳶沢一族の海老茶(えびちゃ)の衣装に威儀を正して、大小の剣を腰に帯びていた。

それは大黒丸が和国の商人であると同時に侍の集団であることを示していた。

大黒丸の三本柱にも鳶沢一族の家紋たる双鳶の幟旗(のぼりばた)がはためき、艫櫓(ともやぐら)から歓迎のほら貝が鳴らされた。

大黒丸の舷側から縄梯子(なわばしご)が垂らされた。

御用船の調べが止(や)み、グェン大人らが大黒丸の船上に上がってきた。

それを迎えるのは主船頭の忠太郎、助船頭の又三郎、通事方の桃三郎だ。

言葉は港役人と最初に交わした唐人言葉だ。

長々としたやり取りが繰り返され、港役人らは又三郎に案内されて再び船倉に向かった。

甲板に残ったグェン親子を忠太郎が客之間に案内してきた。

二間続きの客之間のうち、接待のための大広間には京と加賀の工芸品が飾られ、衣紋掛(えもんか)けにはあでやかな友禅が三枚かけ並べられていた。

「ようこそおいでなされたグェン大人、ヴァン・タムどの」

総兵衛が迎え、

「大黒丸の主船頭の忠太郎にござる」

と紹介した。

にこやかな笑顔で手を握り合い、抱擁し合った後、グェン親子の目が客之間に飾られた品々にいった。

「懐かしき日本の品々にございますぞ」

「ささやかな贈り物にございます」

「なんとわれらへの贈り物にござるか」

「この友禅は京の老練な職人が何人もかかって、一年がかりで織り上げたもの、この一枚はソヒ様にいかがかと思いましてな、用意しました」

残りの二枚はグェン親子の夫人方への贈り物であった。

忠太郎が手を叩くと彦次と竜次郎が昨夜から腕を振るった料理が載せられた膳が運ばれてきた。むろん大黒丸が日本から積んできた調味料で作られた料理の品々だ。

「おおっ、これはなんという懐かしき匂いにござろうか」

グェン大人は思わず今坂理右衛門の顔になり、祖国の匂いの立つ料理に目を奪われていた。

「さすがに鳶沢一族の頭領どの、おやりになることがちと破天荒にござるな」

グェン大人が総兵衛の顔を正視して、呟いた。

素知らぬ顔の総兵衛は銚子を手に、

「酒は上方ものにかぎります」

と二人の杯に酒を注いだ。

四人は杯を打ち合わせて飲み干した。

「グェン大人がわれらの正体をご承知なれば話は早うござる」

「われら異国に暮らす者にも祖国の動静を伝え聞く手段はござるのじゃ。特に幕府の動きはなんとしても知らねばならぬものにござるよ」

総兵衛は黙って頷いた。

「カディス号と砲撃戦を戦った和船があると聞いて、われら親子はその行方を案じておりましたのじゃ。だが、あなたが鳶沢一族の頭領とは思いもかけぬことでな、先ほど帆柱上に棚引く双鳶の幟旗を見たとき、おお、そうかと気づかされました。われらの先祖は関ヶ原の合戦に敗れて、海外に再起を託した一族にござった。その先祖から家康様の深慮遠謀はいろいろと聞かされておりました。その一つが商人に身をやつした隠れ旗本の存在にござった。その頭領がわれらの前に姿を見せられた。これほどうれしきことがありましょうかな」

「グェン大人、わが先祖のことはわが口からは申しますまい。一つだけ申さば、われらが与えられた使命は徳川家の安泰にござった。その使命のために一族の者がどれほど血を流し、斃れていったか。幕府開闢の時から百年が経ち、家康様の志を知る者は少なくなり申した。われらは今や幕閣の一部から糾弾され、迫害を受ける身にござる」

「老人が相手の名を当ててみましょうかな」

「ほう、それは」

「大老格柳沢吉保どの」

「グェン家のお力もなかなかのものにございますな」

「カディス号に日本人が乗船しておったそうにござる。その者がドン・ロドリゴ船長を雇って大黒屋どのの船の襲撃を企てたとか、噂が流れておりました」

「なるほど」

「カディス号が大黒丸襲撃成功の暁には、長崎沖に何隻かの南蛮交易船の到来を認められたとか、そのような力をお持ちの御仁は限られておりますでな」

「大人、もはや、われらの立場は知り合えたと申してよろしいですかな」

「総兵衛どのは海外交易を求めておられる」

「さよう」

「交趾に住み暮らしてきたグェン家は、安南政庁の代理人であると同時に、交易商人にございます。交趾は申すに及ばず、呂宋、暹羅から、必要なれば天竺までの品々を集めることもできます」

「南蛮商船との交易はいかに」

「むろんのことにございます」

「昨夜、われらが望みの品を申しあげましたな」

「大黒丸の荷を売り、お望みの品を揃えるには二月の時が要りましょう」

「もし交趾のツロンでそれが可能なれば、われらは二月でも三月でも待ちましようぞ」

「退屈はなさらぬか、総兵衛どの」

「なんの、われらには異国に学ぶべきことが山ほどございますでな、一時(いっとき)たりとも退屈などいたしましょうか」

と答えた総兵衛が銚子を差しだした。

話はグェン大人と総兵衛の間で進んだ。

酒を酌(く)み交わしつつ、日本の料理に舌鼓(したつづみ)を打つグェン大人が、

「積荷の書付に相違ござらぬか」

「海戦によっておよそ二割五分ほどを失いましたが、七割五分の荷は最初に港役人どのに申告したとおりにございます」

「途方もない品々です」

「そのためにこのような大船を建造させました」

「総兵衛どの、あなたらの積荷、南蛮船並みの税でいかがにございますな」

「有難き幸せにござる」

「積荷の一割は安南政庁に元値渡し」

「それも承知」

「ならば明日から積荷下ろしに入ります。差配は倅のヴァン・タムが行います。

大黒屋総兵衛どのをがっかりさせぬ商いはしてみせます」

「うちは忠太郎と又三郎、主船頭と助船頭があたります」

「よしなに」

契約の杯が交わされた。

又三郎立会いの積荷検査はかたちばかりで、客之間ですべては決していた。

「大人、ちとお聞きしたいことがござる」

と総兵衛が言いだしたのは、膳が下げられ、茶と京菓子が供されたときのことだ。

その場には総兵衛のほかにグェン大人しかいなかった。

ヴァン・タムも忠太郎もすでに客之間から出て、グェン家への贈り物を船に積み込みにかかっていた。

「なんでござるな」

「昨夜、大人の家からの帰路、この地の者と思しき刺客に襲われました」

「なんと」

「その正体に心当たりがござろうか」

総兵衛は刺客たちの格好などを説明した。

「総兵衛どの、グェン家の客人に非礼を働いた者があるとは、迂闊(うかつ)にござった。老人、このとおりお詫(わ)び申す」

大人が白髪頭を下げた。今日のグェンは髷(まげ)を結っていない。交趾人として総兵衛に対面しているのだ。

「なんの、気になさることなどありません。ただ、われらの来航を快く思わぬ者たちがあるなれば、その正体を知っておきたいと思うただけにございますよ」

「総兵衛どの、ツロンに根を下ろしてきたグェン一族を快く思わぬ連中はおり申す。まず唐人、つぎに安南政庁の政敵、さらには交易相手にござる。だれの仕業か突き止めますゆえ、ちと時間を貸してくだされ」

「承知しました」

「今ひとつ考えられることがござる」

「なんでござろうか」

「ただ今、港に葡萄牙、阿蘭陀、仏蘭西、英国商船が九隻ほど、また唐人船が二十数隻停泊しております。これらの商船には時によれば、海賊行為を働くものたちもおります。それらの中にカディス号のドン・ロドリゴに繋がりを持つ者がおるやもしれませぬ」

「いかにもさよう」

「その者たちが総兵衛どのを襲ったと考えられなくもない。そのことを含めて調べますでな」

「お任せいたしましょうか」

「郷に入っては郷に従えですよ。大船に乗った気分でお待ちくだされ」

総兵衛はグェン大人を見送って甲板に出た。

すでに二隻の安南政庁の役人船にはグェン家と役人たちへの貢物が満載されていた。むろん積荷検査の者たちにも膳と酒が振る舞われていた。

「忠太郎、又三郎、明日からの手筈は話し合ったか」

「はい、早朝から荷船が大黒丸に横付けされます。すべてヴァン・タムどのと打ち合わせどおりに事を進めます」

「よし」

と答えた総兵衛が、

「ヴァン・タムどの、よろしくな」

と挨拶するとグェン家の嫡男がにっこりと笑った。

五

翌朝から大黒丸の積荷の陸揚げが始まった。

荷揚げの総指揮をグェン家の倅のヴァン・タムが取り、安南政庁ツロン港の御用船であることを示した小旗が立てられた荷船が次から次へと大黒丸の舷側に横付けして、江戸、京、加賀で積まれた衣類、工芸品、武器、海産物、陶磁器などを積みこんでいった。

その際、荷主の大黒丸側は又三郎と稲平が、ツロン側はヴァン・タムと港役人が立ち会い、入港の際、安南政庁側に提出された書付の品触れと一々確認しながら、荷下ろし作業が続いた。

衣類は京と加賀の職人が時間をかけた友禅、縮緬（ちりめん）、紬（つむぎ）、上布（じょうふ）、木綿ものまで多彩にあった。その半数が古着であったが、その大半はまだ水が通ってないものだった。一方、織と染めが凝った絹物は絢爛（けんらん）豪華な品で、立ち会いのヴァン・タムを驚かせた。

工芸品は、唐銅火鉢、赤銅香炉、銀細工の煙管（きせる）、真鍮（しんちゅう）文庫、蒔絵（まきえ）香箱、蒔絵簞笥（だんす）、蒔絵卓、蒔絵花台、根付、水差、蒔絵弁当箱、三曲屏風（びょうぶ）、掛け軸、漆塗重箱、印伝革煙草（たばこ）入れと種類が豊富に揃（そろ）い、上質なものばかりだ。

武器類は刀から脇差、小刀、槍（やり）、鎧兜（よろいかぶと）、馬具と名の通った逸品が揃っていた。

海産物は唐人が珍重する干し鮑（あわび）、鱶（ふか）のひれ、昆布、炒（い）り子、するめ、鰹節（かつおぶし）が積みこまれていた。

焼物は伊万里（いまり）焼、九谷焼、瀬戸焼、備前焼の壺（つぼ）から絵付け大皿まであった。

昼前にはグェン大人も荷揚げの様子を見にきて、大黒丸に積みこまれていた品々の質の良さと種類の豊富さを艫櫓（ともやぐら）から眺めては感嘆していた。

主船頭の忠太郎らは、荷下ろし作業の監督に甲板に下りていた。

「総兵衛どの、久しく日本からの荷は交趾の港には入っておりませんでな、これらの品揃えなれば、かなりの取引が見込めます。長崎で交易を許された阿蘭陀船はこの地を素通りして、天竺経由で故国へと持ち帰りますでな」

と請け合った。

「江戸、京、加賀三都でも選り抜きの商人に集めてもらった品にございます。日本でもこれだけの品揃えはなかなか見られますまい」

「正直これほどのものとは考えもしませせなんだ」

「大人、取引の相手はすでに見当をつけておられましょうな」

「見てごらんなされ。港に停泊するどの船もが大黒丸の品に注目しております。彼らからすでにこの私のところに買い取りの申し込みがいくつも来ております」

「ほう、さようで」

総兵衛が港内を見渡すと仏蘭西、英国、阿蘭陀、西班牙、葡萄牙の商船の数がさらに増えて、それらの商船から小舟が降ろされ、望遠鏡などで大黒丸の荷を確認していた。また唐人船のジャンクも大黒丸の周りをぐるぐると回っていた。

「総兵衛どの、買い手はいくらもある。ここは慌てぬことが肝心ですぞ」

「大人にお任せしました以上、われらはまな板の鯉にございます。これらの物品をいかようにも高値で売っていただきたいもので」

グェン大人がかっかっかと笑い、

「まな板の鯉どのが高値を指図なされますか」

と言った。

「なにしろ海賊船に襲われ、嵐に見舞われながら、はるばると運んできた品にございますればな」

「いかにもさよう、大事に売り捌きましょうぞ」

と答えた大人が天を仰ぎ、

「気になるのはこの天気にござる」

「天気ですと」

総兵衛が南国の強い日差しが照りつける空を見あげるといつの間に変わったか、黒い雲が走っていた。

「どうやら大嵐がこの海岸を通過する模様でしてな。明日から海が荒れましょう」

「となると荷揚げは一時中断にございますか」

「そのことを考えていたほうがよろしかろう」

「ならばうちも船倉に水が入らぬようにしておきます」

「それにしても総兵衛どの、和船はカッパ以外、水が船倉に浸みこむ上げ蓋式ですな。だが、大黒丸は南蛮船にも劣らぬ甲板を持って、水密性に優れておりますな」

「和船の船大工に頼み、南蛮船の利点と和船の良さを兼ね備えた船を造りあげよと命じました。そのために三人の者を長崎に出して、造船の技、航海術、操船方、帆前方などを勉強させました。それなりに金も使いましたが、このように何百海里の波濤を越えても大丈夫な船に仕上がりました。ですが、先の嵐でだいぶ傷んだ箇所も出ました」

「そのうちに南蛮船の船大工を連れてきますで、日本に戻られる前に今一度補強していきなされ」

「その節はお願いしましょう」

二人が会話する艫櫓の下ではひっきりなしに荷船が大黒丸の船腹に取りついて、荷を積んでいく。

「総兵衛様、宇治にございます」

と彦次が二人の頭領に宇治茶を入れてきた。かたわらには京の干菓子が添えてあった。

「そなたは昨日の接待の料理人でありましたな」

グェン大人が彦次に言いかけ、

「大変美味しくいただきましたぞ」

と昨夜の料理を褒めた。そして、

「これはそなたへの手土産でな」

と従者に持たせてきた包みを渡した。

「なんでございましょうな」

「彦次さん、黒砂糖にございますよ」

「それは貴重な品を、お礼を申します」

と大人に笑いかけた彦次が、

「総兵衛様、ちと贅沢(ぜいたく)ですが夕餉(ゆうげ)に黒砂糖を使わせてもらいます」

「そうせえそうせえ」

彦次が下がった。

再び艫櫓は二人だけになった。

茶碗(ちゃわん)を取りあげて悠然と茶を喫したグェン大人が、

「総兵衛どのを襲った者たちの推量がつきました」

と言いだした。

「分かりましたか」

「海賊船の筋ではなく、このグェン家と敵対する交易商人の一族が大黒丸の荷に関心を示して、総兵衛どのを拘引しようとしたようです」

「どのような人物にございますな」

「グェン家が日本人の血筋を引いたとは反対に、チン・カオ・ティンの一族は華僑(かきょう)商人にございましてな、本拠地は東京(トンキン)から澳門(マカオ)にございます。この一族が十数年も前から交趾の交易に手を伸ばして参りました。今でもグェン家と港の交易権を巡って、激しい争いを繰り返しております。どうやら総兵衛どのを襲った者たちはチン家の命を受けた流れ者の傭兵にございましょう」

「チン・カオ・ティンという者が大黒丸の積荷に目をつけ、この総兵衛を拘引して取引しようとしたのですな」

「密偵をチンの周辺に何人か忍びこませてございますが、ハン・ヴァン・カンなる者を頭目とするやくざ者らが刺客に雇われたと知らせてきました」

「大人、となるとチン一族は先日の襲撃失敗で諦めたというわけではありませぬな」

「大黒丸の荷に目をつけた以上、遠からずまた仕掛けて参ります。先夜は、総兵衛どのに痛い目に遭わされております。彼らが次に襲いくるときはそれなりの兵力で押しかけてくると思ったほうがいい」

と言ったグェン大人が、

「大黒丸の乗り組みの数は何人でござるな」

と訊いた。

「総兵衛を入れて二十六人にございます」

「なんとたった二十六人で何百海里もの海を乗り切ってこられたか。私はもう少し多い人数かと思うておりました。南蛮船も唐人船も大黒丸の大きさなれば五倍は乗り組んでおりますぞ」

「大人、確かに二十六人と数は少のうございます。ですが、一騎当千の兵（つわもの）にございますれば、チン家の放ったやくざな傭兵などに負（ひ）けをとる気はございませぬ」

グェン大人が頷（うなず）きつつも、

「われらも大黒丸の周辺には人を配しますでな、案じなさるな」

と請け合った。

大人の予測は当たった。

一日目の荷下ろし作業が終わった、その夜半から風雨が段々と強くなっていった。

大黒丸の帆柱が軋（きし）み始め、船体が大きく揺れだした。

作業はまだ三割かたも終わっていなかった。

主船頭の忠太郎は荷役の終了と同時に船倉の扉をきっちりと閉じさせ、船大工の箕之吉に命じて、雨が入りこまないように各扉を補強させた。さらに碇（いかり）を船体の前後両舷の海底に四つ落として、固定した。甲板にあった綱類や滑車などの用具や八門の大砲はしっかりと固定された。

むろん大黒丸だけではなく、ツロンの港に停泊する各国の商船が大嵐到来の対策を怠りなく終えていた。だが、唐人船の中にはなんの準備もしていないジャンクもいた。

それらの船から慌て騒ぐ声が荒れる港内の海を渡って響いてきた。

忠太郎は三交替で夜番を命じていた。

九つ半（午前一時頃）を過ぎた刻限、又三郎が客之間に姿を見せた。すでに海老茶（えびちゃ）の戦衣を身に着けて、大小を腰に差し落としていた。

大黒丸に乗り組んだ大黒屋の面々はすでに鳶沢一族と化身していた。

「グェン家からの使いが見えております。チン一族に不審の動きあり、注意されたしということにございます。どうやら嵐に乗じて碇綱を切って、大黒丸に乗りこみ、他の港に移動させることを企てているとのことにございます」

「万里の波濤を越えて交易に来たのだ。そう易々と海賊もどきの華僑商人に屈してなるものか。痛い目に遭わせてくれるわ」

「迎撃の支度はすべて整えてございます」

「よし、油断するでないと忠太郎に伝えよ」

「畏まって候」

又三郎が客之間から姿を消した。

だが、大嵐の前触れの風雨に打たれて揺れる大黒丸には、一見なんの変化も見えなかった。

常夜灯を残して船は暗く沈んで、ただ船体を軋ませていた。

八つ（午前二時頃）の刻限を過ぎた頃、一段と波が激しくなった。

それを見計らったようにツロンの岸壁から五隻の船が十二挺の櫂を揃えて、荒天の海に押しだしてきた。

頭目ハン・ヴァン・カンが率いる傭兵たちだ。

一隻ずつに二十人ほどの武装した男たちが乗って大黒丸に急接近してきた。

百人の戦闘員たちの半数が鉄砲を構え、半数の者が剣槍で武装し、鉄兜を被っていた。なかには碇綱を切るための大鉈やら引き綱を持っている者もいた。

明かりもない海を平然と漕ぎ寄せる五隻が大黒丸に接舷しようとしたとき、大黒丸の舳先にぼうっと明かりが点った。すると六尺を超える巨軀が浮かんだ。

藍染の刺し子を羽織った総兵衛が傘を片手に銀煙管を銜えて、悠然と煙草を吹かしていた。

五隻の船から驚きの声が響いた。

「嵐の夜になんぞ用か」

その問いが総兵衛から投げられた。

その言葉が分かったように五隻を指揮する頭目ハンから甲高い命令が響いた。

すると一隻の船に乗る狙撃手の三人が南蛮製の最新式の鉄砲を構えた。

「止めておけ！」

海上に総兵衛の声が響き、大黒丸からいくつもの強盗提灯が照射された。

狙撃手が光に浮かんだ。

だが、さらに傭兵の頭目ハンの命が飛んで光に抗して引き金を引こうとした、

その瞬間、ふいに艫櫓の覆いが剝がされ、軽砲の砲口が姿を見せた。

いきなり砲口から白煙が上がり、轟然と発射された。

雨天をついた砲撃は狙い違わず総兵衛に向けて発射しようとした狙撃手の乗る船のど真ん中を直撃して、真っ二つに破壊した。

傭兵たちが荒れる海に投げだされた。

悲鳴が上がった。

艫櫓で指揮に当たった砲術方の恵次が、

「ざまあ見やがれ！」

と吼えた。

平然としたハンの叱咤の声が響き、残った四隻の船が急散開すると大黒丸の船縁に取りついた。さすがに荒くれた大海原を仕事場にしてきた傭兵たちだ。仲間の死などに怯む者はいなかった。

五隻のうち一隻は沈没したが、なにより四隻に八十人の流れ者の傭兵たちを乗せていた。

大黒丸の乗員の何倍もが攻撃側に残されていたのだ。それに大黒丸の船腹に取りついた以上、もはや砲撃は不可能だ。

「一人として船に入れるでない！」

艫櫓から忠太郎の命が響き、鳶沢一族の戦士たちが、

「おうっ！」

と呼応した。

舳先に立つ総兵衛に弓と矢が差しだされた。

船大工の箕之吉だ。

大黒丸に乗り組んだ者の中でただ一人の一族の外の者だ。だが、長崎留学以来、大黒屋の奉公人たちがただの商人でないことを承知していた。また幾多の戦いの場を経験して、少々のことでは驚かぬ胆力を養っていた。

「うーん」

と返答した総兵衛が傘を雨天に投げ捨て、差しだされた弓に矢を番えて、大黒丸の船縁に取りつく襲撃者に向かって狙いを定めると、

ひょう

と放った。

風雨を切り裂いた矢が船縁を越えて大黒丸に躍り込もうとした傭兵の胸に狙

い違わず突き立った。

さらに二矢、三矢が当たった。

すでに大黒丸のあちこちで白兵戦が展開されていた。

風神の又三郎が剣を振るい、舵取りの武次郎が大力に任せて、大薙刀で船腹を上がってくる男たちに斬りつけていた。

総兵衛の立つ舳先にも三、四人の男たちが姿を見せた。どれもが雨に濡れた長衣を肌に張りつかせて、獰猛な顔を総兵衛に向けて何事か叫びながら船縁を乗り越えてきた。

総兵衛の手にしていた弓が横殴りに振るわれ、二人が海に落下していった。だが、別の二人が撓りの利いた長剣を片手で操りながら総兵衛に襲いかかってきた。

総兵衛は手にしていた弓を右手の男に投げると腰の三池典太光世を抜いた。

左手から剣が振りおろされた。

総兵衛の体が、

ふわり

と動いて飛びこんできた襲撃者の内懐に入りこむと、典太光世が脇腹を撫で斬りして、

くるり

と体を半回転させると弓を投げつけた相手に向かった。

男は剽悍にも虚空に身を躍らせて、総兵衛の脳天目がけて長剣を叩きつけてきた。

典太が翻って、長剣に擦り合わされ、総兵衛はその勢いのままに巨軀を相手の体にぶちかました。

相手の体が大黒丸の舳先の船縁を越えて荒れる海に落ちていった。

総兵衛は甲板を振り見た。

炊方見習の竜次郎を含む一族の全員が二人から三人を相手に奮戦していた。

戦いが長引けば、多勢に無勢、鳶沢一族の不利は否めない。

忠太郎が刀を振り翳して、

「一人たりとも船中に入れるでないぞ！」

と鼓舞していた。

総兵衛は頭目のハンがどこにいるか見た。

ハンは最後に大黒丸に乗りこんでくる気か、まだ乗ってきた船の上に立っていた。その周りを側近と思える大男たちが固めていた。

「ハン！」

総兵衛が呼びかけた。

ハン・ヴァン・カンが総兵衛を睨んだ。

傭兵の頭目は鉄兜に鉄鎖の長衣を身に纏い、大きな矛を手にしていた。

「大将同士の勝負を致せ！」

総兵衛の言葉の意味を理解したか、船を舳先に漕ぎ寄せるように船頭に命じた。

総兵衛は船縁から敵船に躍り込む姿勢をとった。

「総兵衛様！」

箕之吉が心配そうな声を上げたとき、港の方角から新たな船が押し寄せてきた。

総兵衛が見ると船にはグェン家の旗印が上がり、新たに銃声が響いた。

総兵衛の下に押し寄せてきた船上からハンの命令が響き、笛が吹かれ、大鉦鼓が乱打されて、襲撃者の一団は大黒丸から自分たちの船に飛びおりていった。

攻めるも引くも剽悍そのものの傭兵たちは荒れる海上に二十余名の仲間を残して闇に消えた。

第五章　行商

一

北国に夏の強い日差しが散っていた。

南部八戸(はちのへ)藩二万石の領内の入り江にひっそりと明神丸が碇(いかり)を沈めていた。

浜では女子供と老婆(ろうば)が十数人群がり、訛(なま)りの強い言葉で江戸日本橋富沢町の古着商、大黒屋の大番頭の笠蔵に口々に言いかけた。だが、笠蔵はその半分も聞き取ることはできなかった。

筵(むしろ)を敷いて座る笠蔵の前に季節の古着や晴れ着が山積みされていた。

今ひとりの老婆が孫娘に購(あがな)う銘仙を手に厳寒の冬に地面を這(は)う地吹雪(じふぶき)のよう

にねばりのある語調で喋りかけた。

笠蔵にはただ、

「じっさま」

という呼び掛けしか聞き取れない。

確かに「じっさま」には違いない。だが、北辺の浜で自分よりも年上の老婆に年寄り扱いされると大黒屋に襲いかかった悲運が改めて胸に突き刺さってきた。

明神丸ら三隻の船に古着を積んで、鳶沢一族の本拠地、

「富沢町」

を離れ、行商の旅に出た。

美雪の出産を待った笠蔵は、陸路、明神丸を追い、常陸の浜にて合流、乗船したのだ。

江戸を離れて半年が過ぎようとしていた。

明神丸の他に借り上げ弁才船の一隻は、蝦夷を、もう一隻は日本海沿岸の出羽国に回っていた。

(総兵衛様、どうしておられますか)

笠蔵は思わず鳶沢一族の頭領に心の中で話しかけた。

総兵衛らを乗せた大黒丸が琉球沖で南蛮の海賊船に襲われ、行方を絶ってすでに九か月近くが経過していた。

笠蔵は江戸を発つ前、総兵衛の手紙を受け取っていた。

それは肥前平戸島から富沢町の大黒屋に宛てられたもので、船大工の與助が柳沢吉保の手に落ちていた顚末とその始末が書き記され、また総兵衛、駒吉、桃三郎、さらに與助に代わって箕之吉が船大工として、乗船したことが記されていた。

笠蔵は平戸島から届いた総兵衛の最後の直筆に接し、また乗船の事実を告げ知らされ、

(やはり総兵衛様は異郷に旅立たれていたか)

と改めて思い知らされていた。

さらに琉球の信之助から大黒丸の難破を知らせ、驚愕に身が震えて、その後、なにをしてよいのやら分からぬという手紙が届いていた。

（なんという危難が鳶沢一族に襲いきたものか）

老いの身に、

「鳶沢総兵衛勝頼の死」

がひしひしと感じられ、無常の想いに襲われていた。

だが、一方で、春太郎が七代目鳶沢総兵衛勝成に成人するまでなんとしても大黒屋を、鳶沢一族をしっかりと守り抜かねばと新たな気持ちにもなっていた。

（小梅村に残した美雪様と春太郎様はご健在であろうか）

そんなことに思いを巡らせていると、

「じっさま」

と眼前の老婆に笠蔵は叱りつけられた。いや、叱られたのではなく、そう思えただけかもしれない。

老婆は銘仙の代金を地魚で支払う気らしく、笠蔵の手に縄で括った、名も知らぬ魚を五尾突きだした。

「なにっ、そなたは京下りの銘仙を、その辺の入り江にうろうろと群れておる魚で購おうというのか」

老婆が何事か言いかけながら、魚を笠蔵の手に押しつけた。

「大番頭さん、富沢町ででーんと座っているようには参りませぬな」

という声がして、近郷の漁村に担ぎ商いに出ていた荷運び頭の作次郎が姿を見せた。

「おおっ、戻ったか、ご苦労でした」

作次郎は手馴れた様子で浜に集まる老婆や女たちの相手をして、古着を捌いた。

夕暮れがきて、客たちが露天商いの前を離れた。

作次郎が売れ残った古着を手早く纏めて、手に提げた。

「すまぬな」

作次郎には大番頭の笠蔵が急に年老いたように見えた。その老いを見ぬように作次郎は視線を転じた。

陸奥の磯臭い寒村が二人の前に広がっていた。

（富沢町に戻れるのか）

作次郎は笠蔵の気持ちを思いやった。

「大番頭さん、わっしはねえ、この数日前から奇妙な夢ばかり見てさ、びっくりして目を覚まされるんだ」

「頭にとっても慣れぬ旅商い、気がつかぬ疲れが体の中にじっとりと溜（た）まっているんですよ」

「いいや、そうじゃあねえ」

「ならば、病か」

と笠蔵が作次郎の顔を見て、

（なんぞ薬を煎（せん）じるか）

と考えた。

「大番頭さんの自慢の煎じ薬もおれの夢には効くまいよ」

富沢町の大黒屋に住みこむ笠蔵の道楽は、庭の一角に薬草園を拵（こしら）えて、いろいろ薬草を栽培して育て、それを乾燥させたり薬研（やげん）で挽（ひ）いたりして煎じ薬を作り、

「そなたの顔色は胆嚢（たんのう）が悪い証拠、ほれ、私が格別に調合した薬を飲みなされ。お代などは気にせずともよい、たちどころに治りますぞ」

と勧めることだった。出入りの商人など、

「大黒屋の大番頭さんはあの道楽さえなければ、いい人なんだがねえ」

と言い合い、商いが終わると笠蔵と目を合わせないようにして、さっさと引きあげた。

「とするとやはり総兵衛様らのことか。南蛮の海賊船と戦って八か月をとうに過ぎた。もはや駄目か、いや、総兵衛様なれば大丈夫と煩悶する日々ですからな」

「大番頭さん、夢枕に総兵衛様が立たれて、そなたら、商いを疎かにしておらぬか、一族の務めを怠ってはおらぬかと毎晩のように説教なされるのさ。堪らないぜ」

と作次郎がうれしそうな顔で言った。

「夢でもよい。総兵衛様にどこにどうしておられるか、頭、訊いてみたか」

「それだ」

笠蔵が作次郎の奇妙に明るい言葉付きに顔を見た。

「夢に現れる総兵衛様はいつも異郷の地におられるのですよ」

「頭、黄泉の国ではあるまいな」

「なあにあちらじゃねえ。おれたちが生きている此岸のどこかの国に悠然と生きておられる」

「頭、ほんとうか」

「なんで嘘をつくものか」

「忠太郎さんらはどうしておられる」

「元気そうだな」

「よかった」

笠蔵が心から安堵した言葉を洩らした。

作次郎の夢に総兵衛らが現れたのはただの一度だけだ。

ぼろぼろに破損した大黒丸で嵐の海をさ迷っている光景だった。乗り組んだ一族の者たちはあばら骨が透けて見えるほどに瘦せこけて、船上を歩くのもままにならないようでよろよろとしていた。

作次郎は、地獄の光景を夢に見て飛び起きた。

だが、そのような夢を今の笠蔵に告げられるわけもない。作次郎は思いつついたままの嘘話を語った。

「港に停泊する大黒丸も江戸を出たときと変わりはねえや。おれがさ、考えるに総兵衛様は海賊船との海戦の後、琉球に立ち寄らずに直に異国を目指されたねえ」

「頭、なぜ信之助とおきぬのおる琉球に寄らなかったんですね」

「それはさ、大黒丸の船足が速くてよ、琉球をあっという間に通り過ぎたからですよ。いや、海戦の間に南に大きく流されていたのかもしれねえや」

「そんな馬鹿なことが」

と答えながら、笠蔵は作次郎が自分を力づけてくれているのだと思い当たった。

「大番頭さん、そのうちね、大黒丸は宝物を満載して江戸に戻ってくるぜ」

「宝物なんぞはいりませんよ。総兵衛様ら、一族の者が元気で姿を見せてくれるなれば、大黒屋はいくらでも再起はできます」

「大番頭さん、嘘じゃねえ、総兵衛様は生きておられる。そればかりか、お元気で異国の暮らしを楽しんでおられる。おれはな、夢のお告げを信じるぞ」

「頭、私もそう考えられるといいのだが」

「総兵衛様のいない間の大黒屋の大黒柱は大番頭さんですぞ。われらが美雪様と幼ねえ春太郎様を後見して、総兵衛様の不在を守らなければならねえ立場だ。しっかりとしてくださいよ」

「そうでしたな」

二人は浜に出ていた。すると明神丸から小舟が降ろされて、

「ご苦労様でしたな、夕餉には笠蔵様のお好きな鯖の煮付けを用意しましたぞ」

と炊方が呼ばわる声が黄昏の海から響いてきた。

だれもが笠蔵の消沈を気にしていたのだ。

笠蔵は迎えの舟に向かって手を振ると、

「今夕は皆に酒を一本ずつつけようかねえ」

と叫んでいた。

江戸の小梅村の大黒屋の寮にも夏が訪れていた。

この昼下がり、美雪は小女のおすみと二人で盥に湯を張り、陽のあたる縁側で春太郎に湯浴みをさせた。

おすみは駿府の鳶沢村から去年の夏、富沢町の店に奉公に上がってきたばかりの娘だった。むろん鳶沢一族の血筋である。

「お内儀様、春太郎坊ちゃんのお元気なこと」

おすみが春太郎のしっかりとした両足の太股を手拭で洗いながら言う。

「ほんに、総兵衛様に似て、骨格がしっかりしていますよ」

「それにこの大きな足はとても誕生日前の赤ちゃんとも思えません」

春太郎の五体は巨軀の持ち主の父親に似て、しっかりと発達していた。それに湯浴みが好きでご機嫌だった。

「赤ん坊は元気がなにより」

美雪はさほど夜泣きもせずにすくすく育つ春太郎の成長を楽しんでいた。

二人が春太郎の湯浴みを終えたとき、姉様被りをした行商の女が庭に入ってきた。

富沢町の大黒屋の裏手に小売店を倅の秀三と二人で開き、自らは担ぎ商いにも出る鳶沢一族の老練な探索方、おてつだ。

おてつの古着商いは、一族の正体を偽るための隠れ蓑である。

「おおっ、大きゅうなられましたな。どうれ、このおてつに春太郎様を抱かせてくだされや」

と背の荷を降ろしたおてつが真新しい産着に着替えた春太郎を抱きあげ、

「これは重い、しっかりと肉がついておられますぞ」

と高い高いをしてみせた。すると春太郎がけらけらと笑った。

一頻りおてつが春太郎を遊ばせた後、美雪の腕に戻された。

「美雪様、江川屋の崇子様からいろいろとお届け物がございますぞ」

と言うと、

「おすみ、私の荷を台所に運んでおくれ」

と命じた。

「畏まりました」

おてつの荷を抱えたおすみが台所に下がった。

縁側には美雪と女探索方の二人だけになった。

「富沢町に変わりはありませんか」

「大黒屋も崇子様がしっかりとお守りで北町奉行所に指一本触れさせてはおられませぬ」

「こたびは崇子様にえらい世話をかけましたな」

「さすがに京の公卿（くげ）の血筋にございますな。町方役人など歯牙（しが）にもかけておられませぬよ」

と答えたおてつが、

「ですが、美雪様、この界隈（かいわい）がきな臭うございます」

と言いだした。

「なんぞありましたか」

「昨日の夕刻にこちらにお訪ねしようと竹屋ノ渡しに乗ったのですよ。その折、同乗してきたのが目付きの悪い御用聞き風の三人の町人と剣客二人にございました。その者たちが交わすひそひそ話の一語が耳に入りました……」

おてつの注意を引いたのは、大黒屋という言葉である。

これまで富沢町の古着商を束ねてきた大黒屋の主（あるじ）総兵衛以下、奉公人たちが姿を消していた。これを敵対する柳沢吉保一派が見逃すはずもない。江戸周辺に探索の網を張って、その行方を追及していたのだ。

おてつはうつらうつらと居眠りする風を装い、男たちの交わす会話に神経を集中させた。

探索方としてお手のものの狸寝入りだ。

「今戸の、確かに大黒屋の寮が小梅にあるというのか」

「へえっ、わっしの手先が偶々に小梅村の寺に墓参りにいって、小坊主からそのことを聞きこんできたので」

「富沢町から姿を消した大黒屋の連中が隠れ潜んでいるやもしれぬのだな」

「いえね、なんでも女ばかりがひっそりと住んでおる様子なんでさあ」

「女とな、大黒屋に関わりの者か」

「わっしは主の総兵衛の内儀と見てますがねえ」

「勘輔、そいつがはっきりすれば、北町からかなりの金子を引きだせるな」

「そういうことで」

「よし」

という浪人者の返事で会話が途切れた。

「渡し場じゃぞ！」

船頭の叫び声がおてつの耳に入って、居眠りから覚めた様子を作った。

その耳に、

「寮の近くに見張り所を設けておきましたぜ」

という御用聞きの言葉が聞こえてきた。

「美雪様、やつらは今戸界隈を縄張りにする御用聞きの今戸の勘輔とその仲間の浪人剣客二人で、北町の指図で大黒屋の奉公人の行方を突き止めることを命じられた者どもでした」

おてつの報告に平然と頷いた美雪が、

「その者たちが探りだしてきたことを北町奉行所は未だ承知していないのですね」

と念を押した。

「昨夜から今日にかけて秀三とやつらの見張り所を監視の下におきまして、そのことを調べましてございます。勘輔らは美雪様をはっきりと総兵衛様の内儀と確認してから、北町にご注進におよぶ段取りのようでございますよ」

「それがやつらの命取りです」

美雪が笑いもせずに言った。

「その者たちの見張り所はどうなっておりますな」

「三囲社裏手の百姓家の納屋にございます。勘輔らは今晩にもこちらに押し入ってくるそうですよ」

「わざわざ出向いていただくのも申し訳ない。こちらからご挨拶に伺いましょうかな」

「見張りの秀三にそのことを伝えておきます」

と答えたおてつが、

「剣客は浅草真砂町の町道場、鹿島一刀無敵流の門弟二人にて、一人は免許皆伝の篠崎柱助、今一人の大男は槍をよく遣う財善正五郎と申す中年の侍にございます」

と剣客の身元と技量を告げた。

「ならばおてつさんと秀三どの、それにこの美雪の三人でなんとかなりましょう」

と美雪が平然と言ってのけた。


夜半九つ（午前零時頃）の時鐘がどこからともなく流れてきた。

漆黒の闇の中、おてつに案内された美雪が三囲社の裏手の百姓家の納屋に近づいていった。すると気配もなく雑木林の中から立ちあがった者がいた。

おてつの倅の秀三だ。

「お内儀様、ご苦労に存じます」

「納屋におるのは五人ですね」

「剣術家の篠崎柱助、財善正五郎の二人に今戸の勘輔と手先の二人の五人にございます。昨日から時折寮の見回りに出るばかりで、だれも訪ねてくる者もございません」

「とすると大黒屋の寮に目を付けておるのはこの五人と考えてよろしいです

か」

美雪がさらにここでも念を押した。

「はい」

と答えた秀三が語を継いだ。

「寮に押しこむために先ほどから仮眠をとっております」

「おてつさん、秀三どの、災いの芽はできるだけ早く摘み取らねばなりませぬ。五人を始末いたします」

「承知仕（つかまつ）りました」

美雪の声は二人の親子に厳然と響き、二人は粛然と応じた。

その夜の美雪は小袖（こそで）の着流しに右手に小太刀を携えていた。

深沢美雪はかつて諸国回遊の武者修行を何年にもわたって続けてきた剛の女だ。それだけに胆（きも）がすわっていた。

この美雪、春太郎を産んだ後、匂（にお）い立つようなしっとりとした女の官能が漂って、その気配を他人に悟られぬように再び小太刀の修行を始めていた。

小梅村の寮に移り住んでからのことだ。

おてつは、腰に下げた革袋の鉄菱（てつびし）を取り出して右手に五つほど握った。それはおてつの掌にしっくりと収まった。

秀三は五尺ほどの赤樫（あかがし）の棒を握っていた。その両端には鉄の環（わ）が嵌（は）めこまれて、まともに打ち合えば刀などへし折る威力を秘めていた。

「参ります」

美雪が命じる声を最後に三人は黙々と雑木林に囲まれた納屋に忍んでいった。

裏手に秀三が回り、表口から二人の女が押し入る手筈（てはず）だ。

美雪とおてつが戸口に立ったとき、納屋の中でだれかが起きた気配があった。

「そろそろ刻限ですぜ」

御用聞きの勘輔の声だ。

おてつが左手一本で引戸を静かに開いた。

夜風が屋内に吹きこんだ。

「だれでえ！」

勘輔の声がして、囲炉裏（いろり）の火で訪問者の顔を確かめた御用聞きが叫んだ。

「先生方、起きてくだせえ！　先方から面（つら）を出しやがったぜ」

次の間で寝ていた剣客二人が、

がばっ

と起きあがり、直ぐさまに得物を摑んだ。

おてつがしゃがんだ姿勢で敷居を飛び越え、右手の鉄菱を勘輔の額に投げつけた。さらに剣客に続いて起きた二人の手先の動きを封じるように投げた。

「ぐえっ！」

「あうっ！」

囲炉裏端から起きあがった剣客らは忍びこんだ者が女二人と知り、

「財善、この内儀、なかなかの女だぜ」

とにたりと笑うと、鯉口を切った。

美雪の美貌に緊張を欠いていた。

その油断を衝くように美雪が一気に土間から板の間に飛びあがり、慌てて剣を抜こうとする篠原柱助の首筋を、

ぱあっ

と刎ね斬った。さらに返す小太刀の切っ先を鞘ごと美雪に殴りかかろうとし

た財善正五郎の胸に突き通していた。

一瞬の早業だ。

小太刀ならではの迅速の剣だ。

財善がよろよろと後退して、美雪が小太刀を引き抜くと尻餅(しりもち)をついて動かなくなった。

美雪が振りむいたとき、おてつが勘輔を短刀で突き刺し、秀三が二人の手下を赤樫の棒で制圧していた。

「終わりましたな」

「はい、美雪様」

「大黒屋に関するものがあらば、火にくべよ」

美雪の声は最後まで淡々と聞こえた。

(さすがに総兵衛様が選ばれたお内儀かな)

おてつと秀三の親子には、美雪の行動が頼もしく思えた。

二

荷揚げした大黒丸の喫水がぐうんと下った。

身軽になった大黒丸はツロン港船着場近くの海から移動して、港内奥に舫う英国商船エジンバラ号と舷側を並べるように碇を下ろした。

グェン親子が大型帆船エジンバラ号のマクレガー侯爵こと、キャプテン・マックを仲介してくれたのだ。

大黒丸の武装強化の意向を知り、マック船長が六門の重砲を譲ってもよいとの意向を示したためだ。そこで大黒丸はエジンバラ号と舳先を並べて、停泊することになった。

近々ツロンを出港して母国に戻るという英国三檣大型帆船のマック船長らは、和船の船大工の統五郎が図面を引き、造船した大黒丸の機能と造船技術の高さにしきりに感心してくれた。とくに丁寧な造りには感嘆しきりだった。

だが、いくつかの指摘も受けた。

漂流地で修理した舵（かじ）周りと船腹の修理箇所が巧みになされていることを賞賛しながらも、金具など堅牢（けんろう）なものに換えて再修理したほうが賢明なこと、三段帆は煩雑（はんざつ）なために二段帆に改良したほうが拡帆縮帆が容易なこと、船倉を荷積み荷下ろしが容易にできるように床を段違いに改装すること、船室の居住性、調理場の火の周りなどに注文がついた。

総兵衛はエジンバラ号のマック船長ら幹部を大黒丸の客之間に招いた。

グェン親子が同席して、倅のヴァン・タムが通事（つうじ）を引き受けてくれた。

総兵衛がまず念を押したのは、長距離射程の重砲六門を本当に譲渡してくれるかどうかということだ。なぜならば遠洋航海する商船にとって、砲装備は重大不可欠なものだからだ。

「グェン大人にはすでに返答をしています」

それがマックの答えだった。

総兵衛の視線が忠太郎にいった。

「すでに砲術方の恵次と加十が六門の長距離重砲を調べてございます。先にわれらが仏蘭西（フランス）商船から譲り受けた四門よりもはるかに射程が長く、威力も数段上だということで、さすが英国商船の主砲を務めてきたものにございますよ、総兵衛様」

忠太郎はすでに六門に魅せられている顔付きだった。

「エジンバラ号はこれから帰国の途につくというが、六門の主砲を譲って支障はないのか」

「総兵衛どの、外国の商船は母国からの往路も帰路も船団を組んで天竺の大海を航海して参りますのじゃ、一隻の装備が落ちたからといってさほどの支障はござらぬ」

グェン大人がマック船長に代わって答え、語を継いだ。

「マック船長は総兵衛どのが望むならば、大黒丸の大修理の手伝いをしてもよいと申しでております。また用具、海図など不足のものがあれば譲ってもよいそうにござる」

「それは有難いが……」

と答えた総兵衛は赤ら顔のマック船長を正視した。

「船長、貴船はだれにもかように助けの手を差しのべるのか」

総兵衛の問いにマックがにっこりと笑った。

「いや、どの船に対しても親切なわけではない」

「ではなぜ大黒丸に」

「理由はいくつかある。第一は今後の取引を考えてのことだ」

商船の船長らしい答えで、もっともなことだった。

日本からの輸出は長崎港での唐人船と阿蘭陀船に独占されているのだ。英国としては大黒丸との直取引は願ってもないことだった。

「第二の理由はなにかな」

「商船の務めはいついかなる時でも商いを忘れぬこと、儲けのためには船の砲身弾丸も売り払います。エジンバラ号には新たな装備をすればよいことです」

「まだ理由はござるか」

「最大の理由が残っております」

「それはなにかな」

「貴船がドン・ロドリゴのカディス号と勇敢にも戦い、あの海賊船の心胆を寒からしめたことです。われらは素直にあなた方の勇猛と勇気に感心しております。それも砲八門、三十人にも満たない貴船があの海賊船を撃退したばかりか、大きな被害を与えたのですからな。われら、英国商船はこれまで幾たびもカディス号に苦杯をなめさせられてきたのです」

と正直な気持ちを吐露した。

「総兵衛どの、カディス号はこれからも大黒丸の行く手に立ち塞（ふさ）がりましょう。その際、できうるかぎり最高の装備を持たせてあげたいというのがマック船長の気持ちです」

グェンが答えた。

「ありがたい」

「だが、この背景には欧羅巴（ヨーロッパ）の政治が介在しておることも確かです」

グェン大人がさらに説明を加えた。

「総兵衛どの、ドン・ロドリゴの母国西班牙（イスパニア）とマック船長のお国英国（エゲレス）は、元禄（げんろく）十四年（一七〇一）からただ今も西班牙継承戦争を戦っておるのです。この戦争は英国、阿蘭陀などの諸国が墺太利（オーストリア）大公を支持し、仏蘭西、西班牙国と戦っておりますのじゃ。戦争は西班牙各地に広がりを見せております。ドン・ロドリゴはアラゴン人ながら、仏蘭西と手を結んでおりますでな、英国人侯爵のマック船長とは敵対関係にござる」

鎖国政策の中で暮らしてきた総兵衛らが知らない世界で大きな出来事が進行していたのだ。海外との交易をなす以上、どうしても政治、経済、戦争の流れを認識せねばならなかった。それは混乱の渦の中に巻きこまれるということでもあった。

「マック船長、事情はわかった。われらはあなた方の親切と商いを有難く受けたい。六門の長距離重砲に砲弾、装備一式を買い取り、大黒丸の改装の手伝いを願おう」

総兵衛の返事にマック船長がにっこりと笑い、

「ソウベイどの、支払い通貨は銀でしょうな」

と念を押した。

「お望みなれば銀払いでもよい。だが、提案がある」

「グェン大人に引き渡された荷払いかな」

エジンバラ号は陸揚げされた大黒丸の荷の二割近くを買い取る約定をグェン

としていた。

総兵衛が忠太郎を見た。

忠太郎が頷くと隣の部屋から千両箱を運んできて、蓋を開いた。すると黄金色の光が船室に走った。

「金払いではどうか」

マック船長の顔が綻んだ。

「エドの小判で支払われると申されるか」

「あなたが望むなればな」

「ならばわれらも最大の協力をなそう」

総兵衛とマクレガー侯爵ことマック船長ががっちりと握手をした。

この翌日から大黒丸にエジンバラ号の船大工らが乗り組み、箕之吉らと一緒に船倉の改装に手をつけた。

大黒丸の隔壁を設けた船倉は、船底から各室三層に分かれた造りだったが、英国商船を見習って、真ん中に階段を設け、その左右に段違いに船倉を改装する床の張り替えが行われた。

これで随分と荷の出し入れが楽にできるようになった。

さらに舵材の金具が替えられ、艫櫓(ともやぐら)には風雨荒天のときでもずぶ濡(ぬ)れにならぬように屋根付きの操舵室(そうだしつ)が設けられた。

三檣の帆も三段から二段へと改装が加えられた。

作業はエジンバラ号と大黒丸の乗組員の共同作業で朝から晩まで続けられた。

そんなある日、グェン邸に総兵衛と忠太郎が招かれた。

エジンバラ号からもマック船長ともう二人の見知らぬ顔の英国人が招待されていた。

「ソウベイどの、われらの請求はいかがですか」

数日前、エジンバラ号から譲渡される長距離重砲六門などの代価の請求が総兵衛の下に届けられていた。

その額を見た又三郎が、

「かなりの値にございますな。英国人の公卿(くぎょう)どのは掛け値を致すのでございましょうか」

と驚きの声を上げたほどだ。

小判に換算して三千二百両ほどの請求だった。

総兵衛は江戸湾の船隠し相州浦郷（うらごう）村深浦湾を出港させた大黒丸に大黒屋が稼ぎ貯（た）めてきた五千両の小判と銀二百貫を積みこませていた。

小判の半額以上にあたる請求だ。

「マック船長、われらはこたびの商いに駆け引きは一切いたさぬ。あなたが請求した値を支払おう」

おおっ

という驚きの声が英国人三人から上がった。

「なぜならば、われらは大砲など物品を貴殿から買った覚えはない。あなたらの誠実と親切を購（あがな）ったと思うておるからです」

「うれしきお言葉です」

「マック船長、一つだけ願いがござる」

「なんでしょうかな」

総兵衛の言葉に粛然としていたマックが問い返した。

「契約の印にそなたの国の自慢の酒を一荷いただこうか」

「ソウベイどの、喜んで」

総兵衛が用意していた備前長船長義の朱漆金蛭巻大小拵をマックに贈るとマックは自らの佩剣を即座に外して総兵衛に渡した。

同席した二人の英国人は交易商人で今後大黒丸との取引を望んでいた。

両者は次の取引を細かに話し合った。

そんな作業がほぼ一月続いた。

その間にグェン家の商売敵のチン一族らからの反撃は見られなかった。

グェン家でも人数を揃えて大黒丸の荷の交易の警護にあたっていたことと、大黒丸がエジンバラ号の傍らに停船して、なかなか手が出せないことがその理由だった。

ツロン港からエジンバラ号が帰国する日が迫り、最後に大黒丸両舷側に三門ずつの重砲が設置された。

これまで右舷側の舳先下から一番固定重砲、移動式の二番軽砲、三番軽砲、さらに艫櫓下に四番固定重砲が設置され、左舷に移って五番固定重砲、六番軽砲、七番軽砲、八番固定重砲と、片舷甲板に四門ずつ並んでいた。

まず四門の軽砲は舳先下と艫櫓の客之間下船内に移され、一門ずつが舳先と船尾の左右の船内砲架に移動された。

大黒丸の船首と船尾部分の死角をなくそうとして考えられたものだ。船腹に四角の窓、砲門が開けられ、海面近くから砲身を突きだして砲撃できるように工夫された。軽砲ならではの改装であった。むろん平時の航海では、砲身は船内に隠され、砲門には蓋がされた。

次に大黒丸の甲板の改装に移った。これまでの一番固定重砲と四番固定重砲はそのままにして、その間に射程の長い新たな三門の長距離砲の砲身が並べられたのだ。

左舷側も五番、八番砲が固定式重砲で、その間に新たな三門の長距離砲が加わった。

大黒丸の装備は両舷側五門ずつ、十門に見えた。

だが、舳先下と艫櫓下船内に軽砲四門が隠され、十四門と数はほぼ倍増していた。

エジンバラ号の出港を翌日に控えた夜明け前、大黒丸とエジンバラ号が並んで、ツロン港を出ていった。

大黒丸にはグェン親子にエジンバラ号の砲撃主任と操船主任が乗船していた。

沖合い十海里に出た大黒丸の二檣の帆柱の二段帆と後檣の一段帆が満帆に風を孕(はら)んだ。すると小気味よく帆走を開始した。

「取り舵いっぱい！」

忠太郎が大黒丸の改良を試すように次々に命を発した。

大黒丸は忠太郎の命に即座に反応して、南海の夜明けを疾走した。

舵取りの武次郎が、

「主船頭よ、なんとも舵回しが楽だよ」

と破顔した。

甲板では帆前方の正吉と水夫頭(かこがしら)の錠吉が、

「三段帆から二段帆になってもよ、走りは変わらないどころか今まで以上に早いぞ」

大黒丸は前檣の弥帆(やほ)を大きく改良して、斜檣を新たに設け、そこへ弥帆を広げて風を効率よくひろった。また、後檣は横桁(げた)が斜めになった一段帆で俗に、

「ラテンセール」

と呼ばれるかたちだった。

幸島で改良したとき三檣九枚の帆を広げる作業を少ない人数で行わなければならなかったが、三檣ながら五枚横帆と三角の弥帆の作業で済むようになって拡帆縮帆の時間が大いに短縮された。

帆の数は少なくなった、だが、大黒丸は鮮やかに風を拾っていた。

総兵衛は舳先からグェン大人と試走を眺めていた。

同乗の操船主任が艫櫓で忠太郎や操船方の新造に的確な注意を与えていた。

忠太郎らはヴァン・タムの通訳で一言も聞き漏らすまいとしていた。

大黒丸大改装をわがことのように喜んだのは、炊方の彦次と竜次郎だ。

英国商船の炊事場を見習って、火周りが便利になり、食事部屋も使い易く変わっていた。

「頭、これなれば嵐でも火が使えそうですよ」

竜次郎が、全速で帆走するにも拘らず、さほどの揺れを感じさせない大黒丸の試走に満足げに言った。

「竜次郎、嵐になればどんな船も火は使えぬぞ。だが、この台所は、使い勝手がいい」

エジンバラ号は大黒丸の帆走をわが子が初めて海に出たときのように見守っていた。

「副船長、日本人は覚えが早いな」

マック船長が満足の笑みを浮かべた。

「日本人はショウグンの命には絶対服従する民だと聞きましたが、あの者たちはちと違うようです。武勇に優れておりますが、かといって倭寇ではない。礼儀正しく、約定も守る」

「副船長、ソウベイどののらはただの商人ではないな」

「と申されますと」

「私はソウベイどのを頂点にしたサムライの集団と見た。彼らは幕府からもだれからも拘束されることなく、自由に生きる一族なのだ」

「これからも交易をなさいますか」

「一年に一度、ツロン港で定期的な交易をする約定をなしたところだ」

「それはなによりにございます」

マック船長は望遠鏡で大黒丸の司令塔たる艫櫓を見た。

「主船頭」

と呼ばれる男がきびきびとした命を下していた。その命を少ない乗り組みの者が的確にこなしていくのが見えた。

総兵衛はと見ればグェン大人と舳先上に屹立して、悠然と構えていた。

「副船長、私があのように手をこまねいていてもエジンバラ号は大黒丸のように走れるか」

「厳しい質問にございますな、われらの船は船長を頭脳にして動きます。だが、和国の船はソウベイなる大男の意思に自在に操られているようにございますな」

「いかにもさよう、あの者には他人が変わり得べくもない力が授けられておるようだ」

大黒丸の艫櫓から新たな命が発せられた。

「右舷二番砲から四番砲、左舷七番砲から九番砲の連続砲撃準備！」

砲術方の恵次と加十が畏まった。

恵次のかたわらにはエジンバラ号の砲術主任が指導のために付き従っていた。

「砲撃準備！」

恵次の声に左右舷側の六門に三人ずつの人間が従い、装塡作業に入った。

「二番長距離重砲装塡完了！」

「三番長距離重砲装塡完了！」

きびきびとした返事が返ってきた。

主檣の檣楼から綾縄小僧の駒吉が、

「加十さん、右舷丑寅の方角、七丁（約七六〇メートル）付近に岩礁がございますよ！」

と叫んだ。

「二番砲から四番砲、目標七丁先の岩礁！」

加十が望遠鏡で岩礁を確認すると砲身の仰角を指示し、砲身が動いた。

「砲撃準備完了！」

「発射！」

二番重砲の砲口から白い煙とともに閃光が走り、大黒丸の船上に殷々たる砲声が響いた。

きれいな円弧を描いた榴散弾が岩礁目がけて飛び、岩礁を越えて、半丁ほど先の海面に落下した。

水煙が上がった。

「加十さんよ、方角は悪くない、ただ落下点が半丁先だぞ！」

檣楼から駒吉が叫ぶ。

三番重砲に仰角の変更が命じられ、直ちに砲声が響いた。

榴散弾は見事に飛んで、岩礁の真上に落ちた。

「命中！」

駒吉が高らかに叫ぶ。

四番砲は狙いを右手に外した。

大黒丸は取り舵を取ると巧妙にも反転した。

今度は左舷側の七番砲が火を噴き、さらに八番、九番長距離砲と続いた。

六門の砲撃が終わったとき、岩礁は跡形もなく消えていた。

「恵次さんよ、撃沈だぞ！」

綾縄小僧の得意げな声に大黒丸の船上から歓声が上がった。

「恐るべし、大黒丸」

マック船長がエジンバラ号の指揮所で呟いた。

「今ようやく彼らが海賊船カディス号を相手に力戦したということを信じますぞ、船長」

「ソウベイどのが敵方でなくてよかったな」

大黒丸とエジンバラ号は舳先を並べて、ツロン港へと向かって帆走していった。

三

深い緑が重なり合い、真っ赤な花が咲き乱れていた。

森の中にぽっかりと開いた湖の周辺だ。湖底からいくつもの湧水が流れでて、透き通った水を湛える、神秘の湖を形作っていた。

その湖はツロン郊外の密林の中にひっそりとあった。

湖面の真ん中で総兵衛は櫂を漕ぐ手を休め、空を見あげた。

いつもは湿気にじっとりと重い大気がその日は軽やかに晴れあがっていた。

「交趾にもこのような澄み渡った日があるのか。江戸の秋の空のようだ」

総兵衛の呟きをかたわらから受けた女がいた。

「日本の秋空はこのように晴れ渡っておりますか」

グェン家の孫娘のソヒだ。

「このようにして空を見あげているとまるで大川に舟を浮かべているようだ」

総兵衛は段通を敷いた小舟の上に仰向けに寝て、空を見あげた。すると森林が視界から消えて、空だけが丸く拡がった。

鳥の声が風に乗って聴こえるばかりで湖水は深い静寂に満ちていた。

総兵衛の視界にソヒの顔が入ってきた。

空の青さにも似たアオザイを細身の体にぴったりと纏ったソヒから芳しい香の匂いが漂い、総兵衛の男心をそそった。

「私を日本に連れて行ってくださいませ」

「日本に行きたいか」

「父も私も故国の四季を知りませぬ。私は日本がどのような国か知りとうございます」

「ソヒ、そなたの先祖が交趾の地に閉じこめられた寛永の時代から今も徳川様の天下だ。鎖国令を敷かれて、われらが異国へ出ることもそなたらが日本に帰ることも禁じておられる」

「総兵衛様方はその禁を破って、ツロンまで来られました」

「われらは商人だ。利のあるところなれば、徳川様の禁を破っても出かける」

「戻られたら、捕まりませぬか」

「そのようなこともあろうかのう」

「総兵衛様は幕府の禁を破って楽しそうにございます」

「われらにはわれらの宿命（さだめ）がある」

「宿命とは」

「徳川幕府を陰からお守りすることだ」

総兵衛はなぜかソヒの前で鳶沢一族の秘密を洩（も）らしていた。

異国の地にあるという開放感がそうさせたか、いや、ソヒなれば秘密を共有できるという気持ちが総兵衛の胸を開かせていた。

「総兵衛様は幕府の命を受けて、交趾に来られましたか」

「いや、われらはわれら一族の考えにて、大黒丸を海外に走らせた。われらの行動を幕閣の人々が知れば、一族に獄門の沙汰がおりよう」

「幕府の人が幕府の触れに逆らわれますか」

「ソヒ、こたび、大黒丸で海の外に出て、世界の広さを知った。世界は交易に明け暮れ、日一日と新たな技や知恵を切磋して進歩しておる。そのような中で徳川様の支配なさる日本国だけが井の中の蛙、取り残されておる」

ソヒが頷き、小舟に積んできた酒器からぎやまんの杯に異国の酒を注いだ。

「もし異国の船が船団を組んで、江戸の海に押し寄せたとせよ。幕府には異国の武装船団に太刀打ちできるなんの手段もない。ただ、滅び行く宿命を甘受するしかない。われら一族はそのことを座視できぬ」

「総兵衛様は徳川様を守るために大黒丸を異郷に出されましたか」

「本心の半分はそうだ」

「残りの半分は」

「おれ自身が異郷を、そなたらの暮らしを知りたかったのよ」

総兵衛の不敵な答えにソヒの顔に笑みが浮かんだ。

「いつの日か、総兵衛様の船で日本に行きとうございます」

手にしていたぎやまんの酒器に光が当たり、ソヒが口に含んだ。

その顔が総兵衛の顔に近づけられ、ふいに口が塞がれた。唇から唇を伝い、酒が総兵衛の口へと、喉へと流れ落ちた。

ソヒの芳しい匂いを移した酒精だった。

細身の五体が総兵衛の巨きな体に覆い被さった。

ソヒの舌先が総兵衛の唇に侵入して、巧妙にも動いた。

総兵衛は官能に震えた。思わず体の上のソヒを両腕に抱き締めていた。柳枝のように細い身体には南国の女の情熱が秘められていた。

二人は湖に浮かぶ小舟の上で互いのことを知り尽くそうと口と口とを、舌と舌とを絡め合わせていた。

アオザイの両脇は深い切り込みが入っていた。それが二人の動きに捲くれあがった。

顔が一瞬、離れた。

「ソヒ、そなたには愛する人はおらぬのか」

「交趾の男はグェン家の娘には声をかけられませぬ」

ソヒの唇がぬれぬれと光り、その口が囁(ささや)いた。

「爺様(じじさま)が総兵衛様の胤(たね)を宿せと申されました」

「なんと申されたものか。総兵衛には……」

その唇を再びソヒの唇が塞いだ。

だが、それは一瞬で離れた。

「奥方がおられる」

「おれが留守の間に子が生まれた」

「総兵衛様はお子の顔を未(いま)だ見たことがございませぬのか」

「ない」

と答えた総兵衛は、

「だが、おれの脳裏にはおれの子の顔が映じる」

「私も総兵衛様のお子が欲しゅうございます」

そう叫んだソヒが再び総兵衛の巨軀の胸にぶつかってきた。

「よいのか、ソヒ」

「あの夜、総兵衛様にお会いした時から、私どもはこうなる宿命にございました」

ソヒがそういうとアオザイを脱ぎ捨てた。

青い空にソヒの姿態は官能的な美しさで映えた。

「ソヒ」

総兵衛の腕が細身の娘の身体を抱き止めた。

ソヒの五体が腕の中で蠢いた。

いつの間にか総兵衛も裸になっていた。

段通が敷かれた小舟が揺れた。

その揺れに波紋が生まれて、湖じゅうに静かに広がっていった。

何刻が過ぎたか、二人は一つに重なって愛欲の間に間に浮遊していた。

「総兵衛様！」

ソヒの甲高い声が口から迸り、ソヒが激しく官能に身体を震わせ、そして、ゆっくりとゆっくりと弛緩していった。

総兵衛がこれまで経験したこともない激しくも心地よい余韻の時であった。

総兵衛が口を開こうとするとソヒの指がそれを抑えた。

身体を合わせたまま、ソヒは新たな酒を注ぎ、口移しで総兵衛に飲ませた。

「美味い、なんとも美味な酒じゃぞ」

「ソヒの酒にございますからな」

二人の裸の身体の上を風が吹いていく。

空には白い雲が流れて、それが徐々に夕方の驟雨に変わろうとしていた。

「ソヒ、驟雨がやって来る」

「総兵衛様と一緒に驟雨に濡れとうございます」

空がさらに黒い雲に覆われ、それが激しく動きだした。

ふいに総兵衛が身体の上のソヒをかたわらに抱き下ろした。

「どうなされました」

総兵衛の表情の変化を読み取ったソヒが訊いた。

「ソヒ、だれかが襲いこようとしておる」

その言葉にソヒが半身を起こして岸辺を望遠した。そこにはグェンの男衆(おとこし)や女中たちが段通を敷いて座り、主(あるじ)の帰りを待っていた。

ソヒも異変に気づいたらしくアオザイを身に纏った。

総兵衛も夏小袖(こそで)を羽織ると櫂を手にして、岸辺へと戻り始めた。

二人を乗せた小舟が岸辺に半丁と接近したとき、女の悲鳴が上がった。

岸辺では男衆がひとり二人と倒されていた。

総兵衛は舟を漕(こ)ぐ手にさらに力を入れた。

森の中から矢が飛来したのだ。

ソヒの口から交趾の言葉が発せられた。すると立ち騒ぐ男女が地面に伏せた。

その時、森から十数人の男たちが姿を見せた。

「ハン・ヴァン・カン」

その言葉がソヒから洩れたとき、驟雨が森林と湖面を轟然(ごうぜん)と打ち始めた。

総兵衛の小舟は岸に迫っていた。

チン家に雇われた流れ傭兵(ようへい)の一人が長剣を振り翳(かざ)して、地に伏せた男衆の一人の背を突き刺そうとした。

総兵衛が櫂を手にしたとき、ソヒの口から小さな気合が洩れた。

総兵衛は見た。

ソヒの手を離れた十字手裏剣が長剣を保持した傭兵の胸に突き立ったのを……。

悲鳴が上がった。

総兵衛は最後のひと掻(か)きを小舟に与えると船底に寝かせていた三池典太光世を手に岸辺へと飛んだ。

総兵衛を傭兵たちが半円に囲んだ。

その手にあるものの大半は総兵衛が見たこともない矛や槍(やり)や長剣や半弓であった。

「ソヒ、舟にいよ」

小舟が岸辺についた気配を察した総兵衛が言うと典太光世を帯に差し落とした。

きええっ

という奇声が発せられ、大薙刀にも似た得物を構えた巨漢が総兵衛に斬りかかった。

大きな体に似合わず迅速な動きだ。

総兵衛は驟雨を切り裂いて落とされる大薙刀の刃の下に腰を沈めた長身を自ら差し入れた。同時に典太光世が鞘走り、二尺三寸四分（約七〇センチ）の刀身が閃き、総兵衛の頭上に振り落とされる大薙刀の柄を両断した。

アイヤー

虚空に大薙刀の刃先が飛び、典太光世が巨漢の首筋を、

ぱあっ

と撫で斬っていた。

どさり

と巨漢が岸辺に倒れた。すると水煙が上がった。

それを見た仲間たちが一斉に総兵衛に襲いかかった。

ソヒは不思議な光景を目の当たりにした。

総兵衛は驟雨の中に艶やかにも典太光世を手に舞っていた。

早い動きとも見えなかった。だが、幽玄の動きは無限の時間を見る者に想像させて、神秘的といえた。

一方、天竺から唐と戦いのあるところに身を置いてきた流れ者の傭兵たちは力動的で迅速果敢な連携を見せた。

その連鎖の輪に身を置いた総兵衛は静々と舞い動き、総兵衛が去った後にはひとり二人と傭兵たちが確実に斃（たお）され、悶絶（もんぜつ）していた。

秘剣落花流水剣の舞だ。

ソヒは言葉もなく、総兵衛が舞い終えるのを見詰めていた。

驟雨の岸辺に八、九人の傭兵たちが倒されていた。

総兵衛が驟雨を切り裂いて、血振りをくれた。

そして、頭目ハン・ヴァン・カンを見た。

「ソヒ、ハンに伝えてくれ。頭目なれば総兵衛に討たれた配下どもの敵を討てとな」

ソヒが異郷の言葉で叫んだ。

ハンの顔が朱に染まり、手に持った偃月刀（えんげつとう）をぶるぶると驟雨を切り裂いて振りまわした。

ハンの身の丈は総兵衛とほぼ同じだった。だが、胸も腹も腕も足も鋼鉄のような筋肉に覆われて、二倍ほどの巨軀だった。

総兵衛は三池典太光世を正眼に構えた。

ハンは偃月刀を片手で保持して、頭上に高々と突き上げた。

二人は驟雨が降りつづく中、二間の間合いで睨み合った。

小山のように大きなハンの口からは絶えず呪詛とも罵声ともつかぬ声が洩れ、そのたびに鋼鉄の筋肉が震えた。

総兵衛は篠突く驟雨にひっそりと立っていた。

動と静、まるで対照的な二人の対峙は果てしなく続いた。

ハンも初めて相手にする日本人の剣法に戸惑いを感じて踏みこめなかったのだ。

一方、総兵衛はただ待っていた。

雨煙がふいに上がった。

驟雨が急速に遠のいていった。

すると湖面の岸辺に夕暮れの光が戻ってきた。

総兵衛の鬢に垂れた髪から、

ぽたぽた

と雨の雫が地上に落ちた。

おおおうっ

野獣のような叫び声とともにハンは偃月刀を水車のように左右に振りまわしながら、突進してきた。

驟雨は去ったが旋風が吹き荒れる勢いだ。

総兵衛はハンが踏みこんでくると下がった。半間の間合いを保ちつつ、下がりつづけた。

赤鬼のような形相のハンが叫んだ。

尋常に勝負しろと命じているのか。

力強い偃月刀の風車に押されながら、総兵衛は下がった。

ソヒが警告の言葉を発した。

総兵衛は岸辺に追いこまれていた。

動きを封じこめたハン・ヴァン・カンが朱に染めた相貌(そうぼう)に勝ち誇った笑みを浮かべた。

左右に振りまわされる偃月刀の風車の勢いが一瞬衰えた。

その瞬間、総兵衛がするすると半間の間合いを詰めた。

偃月刀の動きが変化した。左右の風車から頭上へと振りあげられ、総兵衛の脳天を目がけて、振り落とされた。

それは相手する何者をも威圧し、萎縮(いしゅく)させる迫力に満ちていた。

だが、総兵衛は、

するり

とハンの内懐(うちぶところ)に入りこんでいた。

ハンの偃月刀と典太光世の軌道が交錯し、二つの剣が火花を散らせた。

勢いは偃月刀にあった。

三池典太光世の身幅は厚いが、重い偃月刀に比べるとか細く見えた。

だが、火花を散らせた、その直後、ソヒは奇跡を見ていた。

反りの強い偃月刀が両断されて、虚空へと飛んでいた。

ハンの顔が恐怖に歪（ゆが）んだ。

その直後、典太光世がハンの太い首筋に冷たく触れて、

さあっ

と撫で斬った。

血飛沫（ちしぶき）が光に煌（きらめ）いて散り、ハンが恐怖とも訝（いぶか）しさともつかぬ表情を見せた後、

岸辺に崩れ落ちた。

生き残ったハンの手下たちはしばし眼前に起こったことが信じられぬ様子で

立ち竦（すく）んでいたが、

わああっ

という叫びとともに湖畔から密林の中へと逃げこんでいった。

総兵衛は再び典太光世に血振りをくれて鞘に収めた。そして、振りむくと小舟からソヒの体を抱いて岸辺へと降ろした。

グェン親子の尽力で大黒丸が望んだ交易の品々がツロンに集められていた。

唐物の生糸、大巻緞子（おおまきどんす）、綸子（りんず）、紗（しゃ）、更紗（サラサ）、繻子（しゅす）、天鵞絨（ビロード）、砂糖、上人参（にんじん）など

薬種各種、伽羅、沈香、白檀など香木、明礬、水銀、鹿皮、虎皮、鼈甲、牛角、焼物などなどであった。

南蛮商船からは陶器類、繊維類、鉄砲、短筒、刀剣、火薬類、航海用具、書物、海図、時計、大工道具、測量具、天体観測儀、宝石、革類、家具など、大黒丸が積んできた交易品の売り上げ金と、別に用意していた小判、銀を惜しげもなく使って買い集められた。

またツロン港のグェン家が日本への品を集めていると噂で知った各国の商船が押し寄せ、さらには交趾、東京の人たちも香辛料や藍玉を持参して売り込みにきた。

八月ももはや半ばを過ぎて、そろそろ日本への航海は最後の季節を迎えようとしていた。

グェン親子と総兵衛は安南政庁の役所で顔を合わせた。

「総兵衛どのが望まれた品がほぼ揃いましてな、明日から大黒丸へと船積みいたします」

「世話を掛けましたな」

「なんの、われらも楽しい月日にございましたぞ」

「大人、これからは定期的に大黒屋の船をツロンに寄越しますぞ」

「そうしてくだされ。われらに一縷(いちる)の望みができた」

と笑いかけたグェン大人に代わり、倅(せがれ)のヴァン・タムが、

「総兵衛様、ちと気になる知らせがございます。港内に停泊していたチン一族の唐人船がすべて消えました。大黒丸の荷積みと関わりがあるやもしれませぬ」

「相分かった。注意怠りなく作業をしようか」

会談の翌朝から大黒丸への荷積みが開始された。

日一日と大黒丸の喫水が上がっていき、ついには船倉が一杯になった。だが、チン一族の妨害工作は行われなかった。

出航を明日に控えた夜、総兵衛、忠太郎、又三郎、稲平ら大黒丸の幹部がグエン邸に呼ばれた。

総兵衛は羽織袴(はかま)に三池典太光世と脇差来国長(わきざしらいくになが)を手挟(たばさ)んでいた。

忠太郎らも鳶沢一族の海老茶(えびちゃ)の戦衣に大小を身につけていた。

すでに決済は又三郎とヴァン・タムの間ですんでいた。

海戦と嵐で積荷の一部を失ったが、グェン家の尽力で日本での預かり値、買取値のほぼ十倍の利が上がっていた。その利と大黒屋が用意してきた金、銀であらゆる物産を買いこんでいた。

それでも八百両余りが残っていた。

総兵衛はその金子を次の仕入れ代金として、グェン家に預けることにした。

「総兵衛どの、名残り惜しいが明日には別れじゃ。今晩はうちに泊まっていかれよ」

とグェン大人が言いだし、最後の祝宴が催された。

四

夜明け前、総兵衛はソヒと一緒にツロンの船着場から港内に停泊する大黒丸へと小舟で向かった。

大黒丸はすでに出船の用意を終えて、その時を待っていた。

「総兵衛様、次に会う折はあなたの子があなたを待ち受けております」

ソヒが総兵衛の耳元に囁(ささや)いた。

「やや子ができたというか」

「はい」

ソヒがはっきりと答えた。

「男の子なれば、グェン家の跡取りにございます。爺様(じじさま)が交趾の名を付けられましょう。ですが、今ひとつの名は総兵衛様に付けて欲しゅうございます」

「日本名か。グェン大人は今坂理右衛門と申される。ならば爺様の名から一字、おれの名を一つ選んで、理総(としふさ)とせよ」

「今坂理総にございますか、よい名です」

ソヒが嫣然(えんぜん)と笑った。

「お待ちしております」

「また会おうぞ、ソヒ」

総兵衛は腰から脇差の五畿内山城の鍛冶(かじ)、来国長が鍛造(たんぞう)した勇壮な逸品を抜くとソヒに、

「おれとそなたの子の守り刀じゃ」

と渡した。さらに双鳶（ふたつとび）の家紋入りの夏羽織を脱ぐとソヒの体に着せ掛けた。

ソヒが総兵衛の羽織の襟を胸の前で抱くように両手で重ね合わせた。

二人は最後の一夜をグェン家のソヒの寝間で狂おしくも過ごした。

小舟が大黒丸の船腹に接舷（せつげん）した。

総兵衛が羽織の上からソヒの細身を抱き締めると、

「元気なやや子を産めよ」

と言い残して、縄梯子（なわばしご）をよじ登っていった。

艫櫓（ともやぐら）から主船頭の忠太郎が、

「碇（いかり）を上げよ！」

という命を下した。

水夫頭（かこがしら）の錠吉らが機敏に動いて両舷の碇を上げた。

「帆を上げえ！」

新たな命令が下され、大黒丸がゆっくりと巨体を動かし始めた。

総兵衛は舳先（へさき）に屹立（きつりつ）して、港に揺れる小舟に座るソヒを見詰めた。

ソヒもまた総兵衛を見あげていた。

視線と視線が交わり、総兵衛は笑みを、ソヒは瞼(まぶた)に涙を浮かべた。

(また会おうぞ、ソヒ)

(一時のお別れにございます)

二人は黙したまま会話を交わした。

総兵衛の目が船着場にいった。

そこにはグェン大人とヴァン・タム親子が手を振っていた。

総兵衛は片手を上げて、別れの挨拶(あいさつ)を投げた。

大黒丸が徐々に船足を上げ、舳先を大海原へと向けた。

総兵衛の眼差(まなざ)しが小舟の愛(いと)しき女に向けられた。小さくも遠ざかる小舟の上にソヒが立ち尽くしていた。

その姿が段々と小さく、朝靄(あさもや)に溶けこんでいった。

総兵衛の頭上で双鳶の家紋が描かれた主帆がばたばたと鳴っていた。

主帆柱(しゅはんばしら)の檣楼(しょうろう)上に綾縄(あやなわ)小僧の駒吉が立ち、

「総兵衛様、目指すは江戸にございますか!」

と言葉を投げてきた。

「駒吉、琉球の信之助とおきぬのことを忘れてはおらぬか。十か月余りも待たせておるのだ、われらの墓標が首里に建てられていようぞ！」

「ほんに信之助さんとおきぬさんのことを忘れておりましたよ！」

総兵衛はその声を聞いて、舳先を下りた。

甲板では帆前方の正吉らが張り終えた三檣五枚の帆と補助の三角帆を見あげていた。

「どうだな、大黒丸の新しい帆は」

「風を掻っ攫って丸く膨らんでござりますよ」

「なんとも優美なふくらみじゃな」

「あいよ、娘っ子の乳房のようにしっかりと張っておりますぞ」

総兵衛は艫櫓には上がらず、客之間に入った。

そこでは助船頭の又三郎と通事方の桃三郎がツロンで仕入れた膨大な物品の帳面を作っていた。

この航海では大黒屋のみならず江戸の三井越後屋、京のじゅらく屋、加賀金沢の御蔵屋から荷を預かっていた。

その荷の売り上げの詳細とそれに見合う交易の品を三つの店に渡さねばならなかった。

大黒丸は帰国の日までにこの仕分けをせねばならなかったのだ。そのための帳面を二人が作成していた。

「又三郎、どれほどの商いになるかのう」

「総兵衛様、海戦と嵐に失い、潮を被った品が恨めしゅうございます」

「死んだ子の年を数えても致し方あるまい。こたびの商いは、江戸、京、金沢で心配なされた方々に利が上がればよいことだ。われらは交趾に中継港を得た、それだけでも大きな利よ」

「グェン家と知り合いになれたのは大きな収穫にございましたな」

「そういうことだ」

総兵衛の脳裏をソヒの姿態が掠めた。が、総兵衛はそれを振り払うと、

「江戸に戻ったら、やらねばならぬことが山ほどある」

「京、金沢と荷を届ける旅が待っておりますな」

「それもある」

「ほかにございますので」

「又三郎、そなたは鳶沢村に走り、新たに大黒丸に乗り組む若い衆を鍛えよ。そして、他国を相手の商いとはなにか、世界がどのようなものか、大黒丸の仕組みはどうか教えこむのだ」

「次の航海は新たな一族の人間が乗り組みますか」

「おおっ、航海でおこる様々な困難を考えるとき、今の人数の倍は要ろう。そのための人材の発掘と育成をせよ」

「承知しました」

すでに総兵衛の頭は次なる大黒丸の航海に向けられていた。

大黒丸は交趾の沿岸沿いに東京湾(トンキン)へと向かい、東京湾を東北に走って、大陸と海南島との間を抜ける航路を進んでいた。

順風のせいもあって船足は早い。

大黒丸はツロンを出港して四日目には澳門(マカオ)と呂宋(ルソン)を結ぶ線を越えようとしていた。

次なる目標は高砂だ。

順風が逆風に変わり、船足が落ちた。だが、大黒丸は南蛮船の操船術を駆使して、逆風をつきながら稲妻形に進んでいた。

総兵衛はその未明、檣楼に見張りに立つ則次郎の叫びに目を覚まされた。

「唐のジャンク船に囲まれましたぞ！」

艫櫓でほら貝が吹き鳴らされ、ばたばたと走りまわる足音が響いた。

総兵衛は夜着を脱ぐと小袖（こそで）に着替えた。

三池典太光世を腰に差し、客之間を出た。

東の空に微光が走った。

薄暗がりを透かして海上を見ると武装した男たちを乗せた小型ジャンク四隻（せき）が大黒丸の両舷へと押し寄せていた。

帆柱は小型ながらも三檣でむしろ帆だ。

すでに彼らは重砲の仰角の死角内に入りこんでいた。

「総兵衛様、われらを待ち受けていた模様にて島影からいきなり飛びだして参りました。あっという間の出来事にございました。なんとも迂闊（うかつ）なことでございました」

艫櫓から又三郎が謝った。

「どうやらチン家の船のようだな」

総兵衛らはツロンを密かに出たチン家の差し金の船と見た。交易の品を略奪しようというのか。

主檣の檣楼から則次郎の声が響いた。

「われらの行く手に大型の帆櫂船が二隻待ち受けておりますぞ！」

「さてさてわれらを容易に江戸には帰してくれぬか」

ジャンク四隻から矢が雨あられのように放たれ始めた。

「恵次、加十、小蝿をなんとかせえ」

総兵衛の命に二人が舳先下と艫櫓の客之間下に走った。

「総兵衛様」

舳先にあがった船大工の箕之吉が走り来て、弓矢を差しだした。さらに松明を手にしていた。

箕之吉は船で使い易いように南蛮弓に工夫を加えて小型ながら強力な飛び道具を作りあげていた。

「これで火矢を飛ばせと申すか」

にたりと笑った総兵衛が一本目の火矢を強弓に番えた。

「これはなかなか力がいるわい」

総兵衛が弦をきりきりと絞り、左舷から接近して大黒丸に飛びこもうとする気配のジャンク船のむしろ帆を狙った。

的は大きく、火矢は狙い違わず突き立つと炎を上げた。

「箕之吉、扱いやすいな」

総兵衛は二矢、三矢を放つとジャンク船のむしろ帆がさらに燃えあがった。

船上で叫び声が起こり、混乱が生じた。

大黒丸に接舷しかけたジャンク船はいったん離れて消火活動に入ろうとした。

だが、残りの三隻は委細構わず大黒丸へと押し寄せた。

その時、総兵衛の立つ舳先下の船内の砲門が開かれ、軽砲の砲身が突きだされた。そして、砲術方加十の、

「砲撃！」

の命とともに白煙が棚引き、砲声が響き、舳先が揺れた。

むしろ帆の火事に大黒丸から離れ始めたジャンクの船腹中央に榴散弾が突き刺さり、小型のジャンクを真っ二つにした。

海上に阿鼻叫喚の光景が出現した。

総兵衛は火矢を放ちつづけ、船尾の軽砲も砲撃に加わって切りこもうとした四隻のジャンク船のうち、三隻が沈没、一隻だけがかろうじて軽砲の砲撃と火矢の攻撃を免れて逃れた。

太陽が地平線から上がった。

すると大黒丸の行く手を遮るように進む二隻の大型帆櫂船が左右に分かれて進路を転じた。一隻はツロン港で見かけた帆櫂船だ。

風のあるときは帆を使い、無風のときは櫂を揃えて航海する帆櫂船だ。何百人もの乗員を乗り組ませている唐人船ならではの大船だった。

大黒丸の艫櫓では忠太郎が、

「面舵！」

の転進を命じ、順風を帆に受けるように軌道を修正した。これで大黒丸はこれまで進んできた方角とは真反対に転じ、船足が一気に増した。

海戦は砲術の威力だけで優劣がつくものではない。

戦術戦略、操船能力の巧知が相まって攻撃力が増し、勝利を得るのだ。そのためには最大船速を保つ必要があった。

大黒丸はエジンバラ号の技術と経験を傾注して、三檣五枚帆および三角補助帆へと大改装していた。

その成果が今試されようとしていた。

だが、チン家の二隻の大型帆櫂船も三枚のむしろ帆と櫂の推進力を最大限に利して、大黒丸に迫ってきた。

再びほら貝が鳴り響いた。

「砲撃戦の準備」

のほら貝だ。

帆櫂船は大黒丸よりもかなり大きく、乗船した武装兵団も二隻で十五倍は乗っていた。

舷側を合わせての白兵戦になれば、大黒丸の不利は否めない。なにしろ操船方を含めて二十六人しか乗船していないのだ。

今や艫櫓の舵取りら三人を残して、全員が砲撃戦の配置についていた。

帆櫂船もまた砲門を開いて、大黒丸に照準を合わせた。

追撃する帆櫂船と大黒丸の距離は、まだ六丁（約六五〇メートル）はあった。

「左舷砲撃準備！」

恵次の声がかかった。

重砲二門に通常弾が、長距離砲三門に榴散弾が装填（そうてん）された。

檣楼上の則次郎が、

「敵船より砲撃！」

の注意がかかった。

総兵衛は舳先から見た。

まず白煙が上がり、砲声が響いた。砲声は立て続けに響き、二隻の帆櫂船から五、六発の砲弾が朝ぼらけの海上に撃ち出された。

忠太郎は両船の距離を目測し、舵取りの武次郎にこのままの方向と船足を保てと命じた。

「主船頭、承知に候（そうろう）」

砲弾が大黒丸の船尾半丁から一丁の海に落下して水煙を上げた。

「取り舵いっぱい！」

忠太郎の命が響いたのはその直後だ。

大黒丸は左舷側へと急旋回した。すると左舷側の砲門が追尾してくる二隻の帆櫂船に向けられ、照準が可能になった。

「六番砲、七番砲、八番砲、砲撃！」

恵次の命にエジンバラ号より譲られた長距離砲から榴散弾が撃ち出された。

綺麗（きれい）な弧を描いた三発の榴散弾が接近する帆櫂船の頭上に襲いかかった。

七番砲から撃ち出された榴散弾はわずかに逸（そ）れた。だが、六番砲と八番砲の砲弾は僚船より前を走るチン家の帆櫂船の船首と帆柱部分に落下して、榴散弾を撒（ま）き散らした。

帆柱が倒れ、一瞬にして帆櫂船の船足が落ちた。

その間に後方につけていた僚船から砲撃がなされた。

「面舵！」

忠太郎の命に大黒丸は再び転進した。

砲弾はその大黒丸の船尾のすぐ後ろの海上に水煙を上げた。

大黒丸が右舷側へとようやく転進した。

今度は右舷の二番砲から四番砲が火を噴いた。

帆櫂船も大黒丸の火線上から逃れるために左舷側へと急転進した。そのため三発の榴散弾は海に落ちて大きな水煙を上げた。

大黒丸は最大船速で南下を続けた。

チン家の大型帆櫂船は大黒丸の右舷側に離れて、追走してきた。

砲撃戦はいったん止んだ。

二枚の大帆と一枚の斜帆、それに両舷側から突きだされた各々十三本の櫂を揃えた帆櫂船は一転沈黙のままに船速を落とすことなく追跡してきた。

総兵衛は舳先から艫櫓に向かった。

「一隻になったというにあの船、悠然としておるではないか」

「なんぞ理由があると申されますか」

「南方に仲間の船を配しているということはないか」

総兵衛の言葉に忠太郎がしばし考え、さらに追尾する帆櫂船を見た。

「ちと怪しゅうございますな」

「奇妙に落ちついておるわ」

「進路を戻し、様子をみまする」

と答えた忠太郎が、

「取り舵！」

を命じて、進路を高砂方向へと戻した。するとそれを悟った帆櫂船が大黒丸の転進を邪魔しようと迫ってきた。

「総兵衛様、やはり僚船を待ち伏せさせていたようですな」

と答えた忠太郎と操船方の新造、舵取りの武次郎が細かな操船を見せて、帆櫂船に行く手を阻止されるのを逃れようとした。

逆風に大黒丸の船足が落ちていた。

だが、帆櫂船は速力を落とすことなく大黒丸の真後ろの一丁半に回りこんで、間合いを詰めてきた。

「追いつかれますぞ」

新造が呻（うめ）いた。

帆櫂船は逆風に逆らって両舷側から突きだした二十六挺の櫂をきれいに揃えて速度を増した。

左右の舷側の重砲、長距離砲は船尾につかれたせいで照準を合わすことができなかった。

一丁を切り、再び矢が飛んできた。

大黒丸の艫櫓の船腹に何本もの矢が突き立った。

「舳先とこちらの艫を合わされますぞ」

忠太郎が白兵戦になることを覚悟したように言った。

総兵衛は黙って箕之吉の造った強弓を構えた。

そのとき、恵次と加十に指揮された駒吉たちが艫櫓下に設置していた軽砲にとりつき、密かに二門の砲身を迫り来る帆櫂船へと向け砲撃準備に入ったが、揺れる船上のこと、軽砲とはいえ準備に手間取った。

その間に矢の襲来は激しさを増していた。

「身を隠しておれよ！」

総兵衛の注意の声が響き、

「ところで加十はどうした」

その声に応(こた)えるように船尾に新たに作られた二つの砲門が開かれた。

二門の軽砲の射程内に帆櫂船は入りこんでいた。

「砲撃準備完了！」

恵次が叫ぶと、

「砲撃準備完了！」

加十も間髪を容れず応えた。

二門の軽砲をそれぞれ担当する砲術方の二人が自ら言い合い、それまで隠していた砲口を船尾から突きだした。

帆櫂船に驚きの声が上がり、

「回避」

の命が下されたようだ。

帆櫂船の舳先がゆっくりと転進を始めた。

「砲撃！」

恵次と加十が同時に自ら命を下した。

艫櫓が大きく揺れた。

白煙の中から一発、二発と通常弾が発射されて、それは緩やかな弧を描いて、なおも転進を続ける帆櫂船の船首部分に相次いで命中した。

帆櫂船が一気に右舷側に傾いた。船足が急速に落ち、むしろ帆を支える主帆柱が捩(ね)じ折れて海中に着水した。

帆櫂船は横倒しになって船中から海上に男たちが投げだされた。

その様子に目をやった忠太郎が、

「面舵転進！」

と新たな命を下した。

「さて、主船頭、高砂沖をいつ通過いたすことになるかな」

船戦(ふないくさ)などなかったかのような総兵衛の問いに操船方の新造が、

「およそ三日から四日後のことにございましょう」

「となれば五日か六日後には信之助とおきぬの顔が見られるか」

総兵衛の言葉はこの十か月余り前の難破などなかったかのように艫櫓に響いて聞こえた。

終章

大黒丸が相州浦郷村深浦の船隠しを出て、すでに一年が巡ってこようとしていた。

小梅村の寮に過ごす美雪の下に富沢町の大黒屋の留守を預かる江川屋の崇子から手紙が届いた。

春太郎の成長などを尋ねる文面の中に総兵衛の飼い猫のひなが飄然と戻ってきたことが記されていた。

「なんとひなが戻ってきたと……」

と呟いた美雪はにっこりと笑い、

「春太郎どの、そなたの父親が戻ってこられますぞ」

と話しかけた。

その脳裏には双鳶の家紋を翻した白い帆が翩翻と浮かんでいた。

あとがき

古着屋総兵衛シリーズも数を数えて十巻を迎えることになった。

富沢町の古着屋の主が異郷の地に、ただ今のヴェトナムに交易を求めて船出しようとは考えもしなかった。

それが筆のすべりで、いや、キーボードのたたき具合でついに大船大黒丸を交趾にまで到達させてしまった。

弾みとは恐ろしい。講談師の口と三文小説家の筆とは無責任が通り相場にしても、ちとまとまりがつかなくなった。

とはいえ、作者の頭にあったのは子供の頃に何度も何度も繰り返し読んだ、ヴェルヌの『十五少年漂流記』だ。

昭和三十年代初め、まだ戦後が色濃く残っていた時代、冷たい布団の中で少年だけの冒険航海記に浸り切った。

その想(おも)いが老年に差しかかった作者の脳裏に刻まれていたのだろう。まあ、楽しんで書いた。

無論江戸幕府の鎖国令下、大船を建造し、異郷に交易の活路を求めて出ていく商人などいるわけもない。

だが、がんじがらめに統制されればされるほど人間は、

「自由」

を求めるものだ。なにも籠(かご)の鳥だけが外の世界を切望するのではないのだ。

それは水戸の老公光圀(みつくに)の大船快風丸の建造と蝦夷(えぞ)探検が、加賀の海運商銭屋(ぜにや)五兵衛(ごへえ)の試みが教えてくれる。

「武と商」

に生きて、徳川幕府を護(まも)れと命じられた鳶沢(とびさわ)総兵衛こと大黒屋の主が、他国の技術に取り残される祖国を知ったとき、必ずや海外に雄飛し、その技を学び、交易に従事すると思ったのだ。

海外にはかつて安南やシャムに日本人町があって、海外で活躍する同胞がい

た。とすればその末裔たちが大黒丸の一行を迎えてくれても不思議ではあるまい。

一方、富沢町では御馴染みの大黒屋の面々が蝦夷や陸奥へ船商いに出ざるを得ない苦境に立たされている。

次作では富沢町の大黒屋の再建がテーマになろうか。

ともあれ、現実を見まわせば、テロ、戦争、鳥インフルエンザ、リストラと疎ましいことばかりだ。

この世界に生きる者ならば、この現実を直視するのも務めとは思う。だが、余りにも辛い、厳しい現代を一時の間だけ忘れて、頭を休めることも時に必要であろう。

『交趾』が一瞬の現実からの逃避、元気の回復薬になればこれに勝る喜びはない。

佐伯泰英

この作品は平成十六年六月徳間書店より刊行された。新潮文庫収録に際し、加筆修正し、タイトルを一部変更した。

交趾

古着屋総兵衛影始末 第十巻

新潮文庫 さ‐73‐10

平成二十三年八月一日発行
令和二年十二月五日八刷

著者 佐伯泰英
発行者 佐藤隆信
発行所 株式会社新潮社

郵便番号 一六二―八七一一
東京都新宿区矢来町七一
電話 編集部(〇三)三二六六―五四四〇
読者係(〇三)三二六六―五一一一
http://www.shinchosha.co.jp

価格はカバーに表示してあります。

印刷・株式会社光邦　製本・株式会社大進堂

ISBN978-4-10-138044-5 C0193